鬼神転生記
勇者として異世界転移したのに、呆気なく死にました。
Tsukimizake
月見酒
Illustration:マキムラシュンスケ

主な登場人物
クロエ
ダークエルフ。19歳。
人間に騙され奴隷に
身を落とす。同じ
境遇のミレーネと出会い
意気投合する。
百《ひゃっ》鬼《き》千《せん》夜《や》
本編の主人公。17歳。
勇者として異世界に
召喚されるも命を落とし、
ゲームアバターの
姿となって転生する。
ミレーネ
エルフ。16歳。
無実の罪を着せられ
奴隷にされた。
商館で売られていたときに
千夜と出会う。

バルディ・ロワン
冒険者ギルドニューザ支部の
ギルドマスター。45歳。
腕っぷしは強いが、掃除ができない。
エリーゼ・ルーセント
レイーゼ帝国の伯爵。24歳。
亡き夫の跡を継ぎ領地を治める。
元はAクラスの冒険者。
エルキオ・ロバン
吸血鬼。14歳。
別の大陸にある魔国出身で、
レイーゼ帝国に潜入した。
貴族に相応しい力を持つ。

日差しの降り注ぐ森の中で、気を失っていた異形の青年が目を覚《さ》ます――。

（……暖かい……いい気持ちだ……まるで日溜《ひだ》まりの中にいるような。そうか、ここが天国か……）

「きゃあああぁぁぁ！」

突如、女の悲鳴が頭に響いた。

（…………天国でも怖いことってあるんだな）

「――って、そんなわけ無いか！」

反射的に立ち上がった青年は、悲鳴が聞こえた方へと走り出す。そして気がついた。ここが天国ではない、現実の世界だと。

数分もしないうちに、薄汚い格好をした十数人の男達に囲まれている馬車を遠目に発見した青年――朝霧和也《あさぎりかずや》は、やや離れた丘の上から様子を窺《うかが》う。

（なんというか、異世界テンプレ的な光景だな）

そんなことを思っていると、馬車を襲う盗賊のリーダーらしき男が、手下の後ろから馬車に剣先を向けた。

「おい、金目の物と女を置いていけば――」

（そして、テンプレ的な台詞《せりふ》をどうも）

「――見逃してやる、よっ⁉」

加速して跳躍した和也は、リーダーの言葉と同時に、盗賊と馬車の間に割り込む形で着地した。

地鳴りのような轟音《ごうおん》と共に、土煙を上げて現れた和也に対し、盗賊も馬車を護衛する騎士達も驚きを隠せない。

（ん？　……おかしいな？）

普段通りに跳んだつもりだったが、とんでもない速度が出たことに違和感を覚え、和也は首を回す。

周囲にはもうもうと土煙が舞い上がり、足元には歪《いびつ》な形のクレーターが出来上がっていた。

不思議に思う和也だが、今はそれより優先すべきことがある。

（倒すべきはこっちの薄汚い奴《やつ》らか……と、武器がないから手刀でいくか。それじゃ――）

「始めるか」

和也が呟《つぶや》くと、近くにいた盗賊の一人が我に返り、剣を強く握りしめた。だが、背後に回った和也の手刀によって、すぐに首が胴から離れ転げ落ちる。

あっという間なんて言葉では表せない、一言で言うなら『刹那《せつな》』である。

当人からすれば、痛みすら感じることなく視界が歪《ゆが》み、そしてそのまま死に絶える。

そんな光景を前に、周囲の盗賊は、次は自分の番なのでは、という恐怖に震え上がった。

(おい、嘘だろ……軽く打ち込んだだけのはずだぞ)

驚いたのは彼らだけではない。首を刎《は》ねた和也本人が一番驚いていた。

恐怖も感じている。ただし、それは殺人を犯したことへの恐怖ではなく、手刀で人の首を飛ばした己《おのれ》の力に対する恐怖だった。

「ば、化け物……」

「ん？」

誰かが呟いた一言で、戦闘が終わっていないことを思い出した和也は、頭を切り替えて殺した男の剣を拾い上げた。

(今はこの場を切り抜けるのが第一だな)

視線を向けると、盗賊達が一歩下がった。

「く、来るな！　化け物！」

それが合図となり、戦い——いや、一方的な虐殺《ぎゃくさつ》が展開された。

「た、助けてくれえええぇぇ！」

「化け物だあああぁぁ！」

「ぎゃあああぁぁ！」

恐怖で萎縮《いしゅく》し逃げ惑う盗賊を倒すのは、戦闘経験が少ない和也でも容易《たやす》かった。そこから一分も経《た》たないうちに、盗賊は当初の三分の一にまで減っていた。

「おらっあああぁぁ！」

そのとき、リーダーらしき男が大剣を振りかぶり、横から割り込んできた。

和也の周囲に二度目の土煙が舞う。

「危なかったな」

言葉とは裏腹に余裕の表情を浮かべた和也は、一旦距離を取る。

「てめぇ、いきなり現れて何しやがる」

「襲ってくる盗賊を倒すのに理由がいるのか？」

「はっ、確かにな」

リーダーは和也の返答を鼻で笑い飛ばすと、不敵な笑みを浮かべた。

「なら、こっちも本気で行かせてもらうぜ！」

「好きにしな」

大剣を構えたリーダーは、和也が間合いに入ったのを察知すると渾身《こんしん》の一撃を振り下ろす。

簡単な動作でそれを躱《かわ》す和也。

（なかなかの一撃だな。まともに受けたらこっちの剣が折れる）

即座に判断して距離を取り、相手の攻撃を誘うことにした。

（次の攻撃の隙を狙う！）

「死ねえええぇぇ！」

重力を利用して、力強く振り下ろされた大剣を体の捻《ひね》りだけで躱し、和也はそのまま相手の懐《ふところ》に入り込み、刃こぼれした剣で一閃《いっせん》。

「がはっ！」

リーダーは体を仰《の》け反《ぞ》らせて吐血《とけつ》した。

「こ、このっ！」

しかし根性なのか、痛みで悶《もだ》えることもなく、反撃しようと和也を見下ろす。

（い、いない！）

しかしそこに和也はいなかった。

（どこだ！）

リーダーは必死になって和也の姿を探す。

「これで、終わりだ」

探し求めた和也の声は、背後、正確には耳元から聞こえてきた。

「っ！　死ねや、化け物があああぁぁ！」

リーダーは振り向きざまに大剣を振り抜こうとしたが、時既《ときすで》に遅く、軽く跳んだ和也の一撃がその首を斬り跳ばす。

和也の着地と同時にリーダーの体が倒れ、少し遅れて首が落ちてきた。

「さて、残りも始末するか」

冷徹に、冷酷《れいこく》に呟かれた和也の一言に、生き残ったただ一人の盗賊は腰を抜かし、股から異臭を放っていた。

「く、来るな！　化け物！」

男が震える手でナイフを突きつける。だが、それが無意味なことは明らかだった。

「た、た、頼む。た、助けてくれ！」

「平気で他人の命を奪ってきただろうお前達が、命乞《いのちご》いをした程度で助けてもらえると思っているのか？」

盗賊を見下ろす和也の瞳に感情は一切ない。そして紅《あか》く染まった剣が男の命を奪った。

「ふぅ……」

和也は戦いが終わったことに安堵《あんど》し、息をつく。

助けられた馬車の護衛達は、目の前の光景にただ恐怖していた。

そのなかでも、もっとも経験豊富な騎士が我に返り、剣を和也に向けて構える。

和也を睨《にら》みつける男の顔にはいくつもの斬り傷があり、他の騎士よりも体格がよかった。

(こいつが隊長か。流石《さすが》に場慣れしている感じだな)

「お、お前は何者だ!?」

和也は後頭部をかきながら答える。

「俺はただの通りすがりだ」

何気なく返答したつもりだったが、隊長は驚いた様子だった。

「お……お前、オーガじゃないのか？」

「は？　何言ってるんだ？　俺は……」

ふと和也は口を閉ざした。

先ほどの盗賊達も、自分のことをずっと化け物と言っていた。

戦いに割り込んだときに抱いた違和感も思い出し、ゴクリと息を呑《の》む和也。

「ちょっと待った！」

隊長にそう告げて、自らのステータスを確かめる。

百鬼千夜《ひゃっきせんや》【鬼】
レベル１
ＨＰ（ヒットポイント）６８９４００００
ＭＰ（マジックポイント）５３６７００００
ＳＴＲ（力）８４７５０００
ＶＩＴ（生命力）７９８３０００
ＤＥＸ（器用さ）５６９００００

ＡＧＩ（敏捷性）９３４７０００
ＩＮＴ（知力）６１５８０００
ＬＵＣ（運）１４０
【スキル】
言語理解、超解析Ⅸ、超隠蔽Ⅸ、剣術レベル99、刀術レベル99、二刀流レベル99、槍術レベル99、体術レベル99、暗殺術レベル99、武術レベル99、弓術レベル99、投擲レベル99、潜水レベル99、死霊生成Ⅹ、魔物生成Ⅹ、魔力操作レベル99、妖術操作レベル99、ＨＰ自動回復レベル99、ＭＰ自動回復レベル99、調教レベル99、幻術レベル99、隠密レベル99、調理レベル80、鍛冶レベル95、詐欺レベル99、心眼レベル99、調合レベル99、威圧レベル99、建造レベル99、統制レベル99、指揮レベル99、浄化レベル99、無音レベル99、魅了レベル99、念話レベル99、劣化レベル50、危機察知レベル99、状態異常無効化、火属性無効、水属性無効、風属性無効、土属性無効、氷属性無効、雷属性無効、光属性無効、闇属性無効、覇気Ⅵ、限界突破Ⅸ、スキル獲得確率上昇Ⅳ、経験値獲得倍率上昇Ⅲ、レベルアップ時ステータス倍Ⅲ、アイテムボックス
【称号】
戦闘狂、殺人鬼、王殺し、竜殺し、神殺し、超越者、百鬼夜行、将軍、異端者、一騎当千、無双する者、？？？、？？？、？？？
【属性】

火、水、風、土、氷、雷、光、闇

「…………は？」

あまりにも異常なステータスに動揺してしまう。

（名前まで変わってるし。てか、百鬼千夜って……俺がゲームで使ってたアバターの名前じゃねぇか！　つうか、ゲームそのままのスキルだし……！）

いつも冷静な和也でも、今の状況に理解が追いつかなかった。

急いでアイテムボックスを開けてみる。

（装備もアイテムも、ゲームと同じだ）

アイテムボックスから手鏡を取り出して、自分の顔を映す。

赤い肌、背中まである漆黒の長髪、口から二センチは突き出した上顎犬歯《じょうがくけんし》、首には双頭の蛇の刺青《いれずみ》、そして、額からは少し歪《いびつ》な二本の角が生えていた。

どうして良いのかわからず、頭を抱える和也。

（こんなことが……ステータスは異常に高いのに、どうしてレベルは1なんだ!?　いやそんなことより、流石におかしいだろ！）

和也自身は気づいていないが、悲鳴が聞こえたときに目覚めた場所からここまで、実は四十五キロは離れていたのだ――。

頭を抱えて蹲《うずくま》るこの朝霧和也は、何を隠そう元勇者である。

日本の高校生で、疎遠《そえん》になっていた幼馴染《おさななじみ》と数年ぶりに下校している途中で、突如異世界に存在するファブリーゼ皇国に召喚された。

やる気満々の幼馴染を止めることができなかった和也は、渋々勇者として魔王を倒すことになったのだが、初めての実戦訓練で幼馴染を庇《かば》い死んでしまった。

そして、この姿になって目を覚ましたのが、約十五分前である。


「おい！　無視するな！」

横合いから、先ほどの隊長の怒気のこもった声が和也――いや、百鬼千夜の耳に届く。

「あ、忘れてた」

自分のステータスの異常さに、完全に周りが見えなくなっていた。

(それにしても、なんて答えればいいんだ?)

百鬼千夜のステータスはゲームのアバターだったときと同じで、種族は人間ではなく――。

(鬼なんだよな)

オーガとは違い、見た目は人間に角を生やしたような姿をし、知性を持ち、最強の種族でもあった。

千夜はどう答えたら良いものか、脳をフル回転させて考える。

（ここがファブリーゼ皇国の存在する、俺達が召喚された異世界だとしたら、混合種がいるはず。なら……）

「混合種だ」

千夜は一か八かで言った。

混合種――異世界に数多《あまた》存在する種族のひとつであり、一般的には魔族と人族との子供を指す。

ちなみに、エルフやダークエルフ、獣人《ビースト》といった種族と人族との間に産まれた子供は、ハーフエルフ、ハーフダークエルフ、ハーフビーストなどと呼ばれる。

魔族と人族の場合、子供が混合種であることは少ない。大抵産まれてくるのは魔族か人間のどちらかだ。

しかし極稀《ごくまれ》に、双方の特性を受け継いだ子供が産まれてくる。それが混合種である。

対する騎士の反応は微妙なものだった。

「混合種だと……？」

騎士は千夜を睨みつけたまま、真偽を見極めようとしている。

「なら、混合種がどうして俺達を助けた。何が狙いだ？」

「俺は田舎《いなか》育ちでな。ずっと山の中で暮らしていた。だから色々知りたいことがあるんだが、この見た目のせいで誰も教えちゃくれない。そんなときにあんた達が襲われていたから、助ける礼に教えてもらおうかと思ったわけだ」

こういった場面では、まず相手より優位に立つのが定石《じょうせき》、と千夜は知っている。

だからと言って、相手が警戒しない程度に弱みを見せる必要もある。そして、恩を売ることを忘れてはならない。

「なるほどな。俺は構わないが、主人に許可をもらわないとどうしようもない。だから、少し待っててくれ」

「ああ、わかった」

千夜の返事を聞いた隊長が馬車に向かう。代わって部下達が千夜を取り囲んだ。

(アイツは何者なんだ？　ただわかるのは、俺達では勝ち目が無いということだけ。頼むルーセント様！　奴の申し出を受けてくれ！)

隊長はそう念じながら、馬車の扉をノックするのだった。


数分後、馬車から一人の女性が降りてきた。

太陽の光を浴びてキラキラと光る金色のロングヘア。ハワイアンブルーの瞳を持つ整った顔立ち。

(これはまたすごい美女が出てきたな……すごい胸だ。てか、スタイルよすぎだろ)

岩に腰かけた千夜は思わず見惚《みと》れてしまう。

どうにか我に返って腰を上げると、女性が口を開いた。

「先ほどは助けていただきまして、ありがとうございます。私はエリーゼ・ルーセントと申します。皇帝陛下より、伯爵の地位を賜《たまわ》っております」

「これは丁寧《ていねい》な挨拶《あいさつ》をどうも。俺はひゃ……千夜だ」

千夜はあえて名字を口にしなかった。なんとなく言ってはならない気がしたのだ。

「センヤさんというのですね。珍しい名前だこと」

「ま、そうかもな」

「貴様！　ルーセント伯爵に向かってなんて態度だ！　弁《わきま》えろ！」

「おやめなさい！　センヤさんは私達を助けてくれたのですよ！」

「……は！　申し訳ありませんでした！」

千夜は軽く首を横に振った。

「いや、気にしていない。あの騎士はそれが仕事だからな」

「そう言っていただけると助かります。それでは馬車にお乗りください。話は馬車の中でいたしましょう」

「良いのか？」

「はい。自慢ではありませんが、これでも人を見る目はあるんですよ。それに命の恩人を無下《むげ》にしたなんて知れたら、ルーセント家の恥になります。ぜひお礼をさせてください」

「ま、あんたが良いなら俺は構わないが」

こうして千夜は馬車に乗り、ルーセント家に招待されることになった。

「先ほどの戦いはお見事でした。思わず見惚れてしまいました」

「そうか」

(貴族の女性が戦いの現場を見ることはそう無いはずだから、珍しかったんだろう。それにこの姿だからな)

自己解決した千夜が腕を組み直すと、エリーゼが問いかけてくる。

「それで、私達に聞きたいこととは何ですか?」

「いや、別に大した内容ではない。俺は田舎育ちでね、自分が住んでいるこの国の名前も知らないんだ」

「そうだったのですか……わかりました、お教えしましょう。ここはレイーゼ帝国です。他の国に比べて差別の少ない国です」

「差別が少ないとは、何に対してだ? それに他国とは?」

「まず、このオルデン大陸には全部で六つの国があります。レイーゼ帝国、ファブリーゼ皇国、スレッド法国、フィリス聖王国、ガレット獣王国、あとは火の国です」

(ファブリーゼ皇国……最初に俺が召喚された国だな。やはり俺は死んだあと、アバターの姿になってこの世界に戻ってきたということで間違いなさそうだ)

「我が国はガレット獣王国に隣接するため、そこまで種族差別はありません。ですが、フィリス聖王国は人間至上主義であり、他種族を嫌っています。そのためフィリス聖王国と隣接するファブリーゼ皇国とスレッド法国も、どちらかというと人間至上主義の方が多いですね」

「なるほど。俺は混合種だから、そのあたりの国には近づかない方が良さそうだな」

「そうですね……その方がいいと思います」

エリーゼは静かに頷《うなず》いた。

「レイーゼ帝国に混合種は多いのか？」

「他国に比べたら多いですね。それでも人間が五割、他種族が四割、混合種はごくわずか、と言ったところでしょうけれど」

(なるほど、道理で嘘が通じたわけだ)

「他に聞きたいことはありますか？」

「話を聞く限り、魔族がほとんどいないようだが？」

「魔族が支配する魔国は、海を挟んだ別の大陸に存在します。その大陸へは、レイーゼ帝国かスレッド法国からが近いです。屋敷についたら地図を見せましょう」

「すまない、助かる」

千夜は軽く頭を下げた。

「いえ、こちらは命を救ってもらったわけですから」

にこやかに答えるエリーゼ。

「それじゃもうひとつ。俺は冒険者になりたいんだが、今から向かう場所にギルドはあるのか？」

もっと情報を得るには職に就いた方が良いと考え、千夜は尋ねた。

「ええ、ありますよ。後で案内させましょう」

◆ ◆ ◆

「――そろそろ帝都ニューザに着きますよ」

しばらく馬車に揺られたあと、そう言われて窓の外を見ると、そこには巨大な都市があった。

（流石は帝都だ。とんでもなく広いな）

そんなことを考えているうちに、帝都の西門に到着する。

「それじゃ俺は、一旦降りることにしよう」

「いえ、その必要はありません」

馬車はそのまま、門兵の前まで来た。

「これはルーセント伯爵、領地の方はいかがでしたか？」

「相変わらず活気が溢れていました。領民達も元気に働いていましたわ」

「そうですか、流石はルーセント伯爵」

「そんなことありません。それより急ぎの用がありますので、通してもらえますか？」

「は！　これは失礼しました！」

「あ、それと、このセンヤさんの仮通行証の用意もお願いします」

「そちらの方ですか……って、オーガ⁉」

「失礼ですよ！　この方はオーガではなく混合種です！」

「そ、そうでしたか。申し訳ありませんでした！」

「いや、俺は気にしてないから」

こうして、呆気《あっけ》なく門を通過することができたのであった。

「なんか拍子抜けだな」

「あら、もっと時間が掛かった方がよかったかしら」

「いや、これでいい。それよりエリーゼって高名な貴族なんだな」

「そんなこと無いですよ。子供が出来た直後に流行《はや》り病で亡《な》くなった夫に代わり、ルーセント家と領地を豊かにしようと頑張っているだけです」

「意外だな」

「そうですか。確かに女としては珍しいでしょうけど」

「そうじゃない。伯爵としての責務を果たしていることは、男女関係なくすごいと感じている。俺が意外に思ったのは、結婚して子供がいることだ。確かに大人っぽい雰囲気はあるが、まだ二十歳《はたち》にもなっていないように見えたからな」

「あら、嬉しいですわね。こう見えても私、二十四歳ですよ」

「……すごいな。その歳で領地を豊かにしようだなんて」

「そうですか？」

「ああ、すごいよエリーゼは」

千夜は心の底から感心していた。そのような人物は、元いた世界——地球ではほとんど聞いたことがなかったからだ。

「…………」

「どうしたエリーゼ？」

「い、いえっ！　なんでもありません」

エリーゼは頬を赤らめながら俯《うつむ》いて、顔を見られないようにしていた。

（どうしてでしょう。一瞬あの人に見えてしまいましたわ）

「それで、あとどれぐらいでエリーゼの屋敷に着くんだ？」

「そうですね、ここはもう貴族が住む区画ですから、あと数分と言ったところでしょうか？」

エリーゼの説明通り、数分で屋敷に到着すると、ルーセント家のメイドに案内されて応接室に通された。

「すごい屋敷だな。俺もいつかこんな家に住めると良いが……だが、やはり洋風より和風の木造建築に憧《あこが》れるな」

そんなことを呟いているとドアが開き、巻物のような物を抱えたエリーゼと、ティーセットを持ったメイドが入ってきた。

「お待たせしました」

「いや、大丈夫だ」

紅茶を飲みながら、早速エリーゼから説明を受ける。

この国の地理や大陸全土の情勢、千夜が持っていたゲームの金が使えるといったことなど、色々と教えてもらった。

(アイテムボックスを自然に使ったら驚かれた。どうやらこの世界に、アイテムボックス持ちは少ないようだな。次からは気を付けないと)

説明が終わると、既に外は暗くなっていた。

「今日は暗いですし、泊まって行ってください」

「いや、そこまで世話になるわけには……」

「いえ、私がお願いしているのです。これまでの話なども聞きたいですし、それに、お願いしたいこともありますから……」

「わかった。今日は世話になろう」

「そうですか。それは良かった」

（周囲に敵の反応はなし、エリーゼからも敵意は感じられないな）

千夜は念のために、スキル【危機察知】と【心眼】を使って調べたが、杞憂《きゆう》ですんだ。

その後、夕食をご馳走《ちそう》になった千夜は、風呂に浸《つ》かり今日一日を振り返っていた。

（それにしても、どうして俺はアバターの姿になってこの世界にいるんだ。何が原因なんだ……もしかして！）

慌ててステータスを開く。

（やっぱりか。死んでも蘇生できる【魂《たましい》の輪廻《りんね》】が、スキル欄から消えている。それにＬＵＣが１４０になってる。クソ、あまりにもあり得ないステータスだから見落としていた）

千夜は自分に怒りを覚えた。

（多分だが、【魂の輪廻】がアバターに俺の魂を憑依《ひょうい》させたんだろう。でもなぜこの世界なんだ？　そもそもアバターに憑依したのはなぜだ？）

結局何もわからないまま、のぼせそうになった千夜は風呂を上がり、用意された部屋の扉を開ける。そこではとんでもない人物が待っていた。

「エリーゼ？」

部屋の中には、薄いネグリジェを身に纏《まと》ったエリーゼがいた。

「どうしてそんなエロそうな格好で立ってるんだ？」

「すみません、センヤ。どうしてもあなたに確かめたいことがあったのです」

「確かめたいこと？」

「はい。あなたは混合種ではなく、伝説の百鬼族ではありませんか？」

千夜は驚愕《きょうがく》したが、なんとか表情に出さずに済んだ。

（百鬼族だと？　どうしてゲームでの、俺達のギルド名を知っているんだ？）

何がなんだかわからない千夜は問う。

「……エリーゼ、百鬼族というのはなんだ？」

「百鬼族とは、約千年前にこの大陸に存在した伝説の種族です。文献に記《しる》された百鬼族は全部で五人。種族として数は少ないですが、一人一人が最強の力を持っていました。詳細はわかりませんが、『黄金時代』とも呼ばれる千年前は、今よりも遥《はる》かに強い実力者がひしめいていました。そんな時代に最強と謳《うた》われたのが百鬼族です」

（ああ、確かに俺達そんなことしてたな。あまりにも強すぎて、あえて不可能そうなことに片っ端から挑戦してた。となると、ゲームとこの世界は繋《つな》がっているのかもしれない）

「そんなに強い奴が、大昔にはいたのか。でも残念ながら俺は百鬼族じゃない。すまないな」

「いえ、いきなり変な質問をした私が悪いのです。申し訳ありませんでした。それでですね……お願いがあるのですが……」

「なんだ？」

「そ、その、私を……抱いてください！」

エリーゼはそう言って、恥ずかしそうに千夜に抱きついてきた。

「なっ⁉」

予想外の申し出に、千夜も驚きを隠せない。

（いったいどういう流れで、抱いてくれってことになるんだ⁉）

「お願いですセンヤ。どうか私を抱いてください。もう寂しい夜は嫌なんです。こんなことは誰にも頼めません。そんなときにあなたが現れたんです。どこかあの人の面影《おもかげ》を持つあなたが」

「あの人」とは、きっと死んだ夫のことだろう。そう思った千夜は、男としてどうしたら良いかすぐに答えを出した。

「俺には亡くなった旦那《だんな》の代わりは務まらない。それでも抱いてほしいと言うなら抱こう。どうする？」

「……お願い……します」

エリーゼは恥じらいながらも頼んできた。

それに応《こた》えるべく、千夜は自分が持つスキルの中から【調教】と【劣化】を使った。【調教】に【劣化】のスキルをかけ、スキルの効力を落とすのだ。

（そうしないと不味《まず》いことになるからな）

こうしてエリーゼの願いは叶えられ、千夜は卒業したのだった。

◆　◆　◆

翌朝、千夜がカーテンの隙間から差し込む日差しで目を覚ますと、横には嬉しそうに眠るエリーゼの姿があった。

（相当苦労してるんだろう。夫を亡くしてつらいはずなのに、子供を育て領地を守り続けてきた。いや、そうでもしないと寂しさで壊れそうになったんだろうな）

千夜は起き上がり、アイテムボックスから服を出して着替える。椅子に座り昨日もらった地図を眺めていると、エリーゼが目を覚ました。

「おはよう」

「おはようセンヤ」

掛け布団で裸体を隠した状態で微笑むエリーゼの姿は、妖艶《ようえん》で美しかった。

「さてと、色々と世話になった。そろそろ俺はギルドに行く」

「そうですか……それではまた、どこかで会えることを祈っていますね」

寂しそうな表情を浮かべて答えるエリーゼ。

「エリーゼ。お前にこれを渡しておく」

千夜はアイテムボックスから、ブローチと束《たば》ねられた封筒を取り出した。

「これは？」

「このブローチは、持ち主が危険になると俺に知らせるようになっている。こっちの封筒は、手紙を入れて宛名を書くと、その相手に自動で届けてくれる代物《しろもの》だ。だから、何か伝えたいときは手紙を書くと良い」

嬉しかったのか、エリーゼはブローチと封筒を大切そうに抱き締める。

「ありがとうございます……」

こうしてエリーゼと別れた千夜は、昨日場所を教えてもらったギルドに向かって歩き出した。

(さて、まずはギルドで冒険者登録をして、その後は宿を探さないとな)

観光を兼ねて楽しんで歩く。やがて、ひとつの店が千夜の目に留まった。

「奴隷《どれい》店か」

ファンタジー風の異世界なので、もしかしたらと思っていたが、実際に奴隷がいるとわかると、嬉しさ半分悲しさ半分だった。

なぜ、嬉しさ半分なのかというと――。

(よし、夢にまで見たエルフとダークエルフがいるか、早速確認だ！)

千夜はそう意気込むと、ギルドへ行くのを後回しにして店に入っていった。

「い、いらっしゃいませ」

「ああ」

千夜の外見に驚きを見せつつも、すぐに小太りの奴隷商が近寄ってきた。頭の天辺《てっぺん》から爪先までを、じろじろと見てくる。

(金を持っているか、品定めしてるんだろうな)

「それでお客様は、どのような奴隷をお探しですかな?」

「亜人種はいるか?」

「ええ、もちろん。獣人族ですか、ドワーフですか、妖怪ですか、それともエルフ、ダークエルフですか?」

「エルフがいるんだな?」

「はい。他の店に比べても多種多様な奴隷がおりますので」

「そうか。ならエルフとダークエルフを見せてくれ」

「わかりました。女でよろしいでしょうか?」

「ああ、それで構わない」

千夜の返答を聞いた小太りの奴隷商は、ニヤニヤと気持ち悪い笑みを浮かべた。

「畏《かしこ》まりました。その前に、お金の方は……」

「問題ない」

そう言いながら千夜は、アイテムボックスから金貨が大量に入った袋を出して、机の上に置く。

もちろんアイテムボックス持ちだとバレないように、懐から出したように見せかけて。

「すぐに準備いたします！」

奴隷商の目の色が変わり、奥の部屋へ飛んでいった。

（わかりやすいな）

そんなことを思いながらも、どんなエルフとダークエルフが来るのか楽しみに想像する千夜であった。

待たされること約五分。ようやくさっきの小太りの奴隷商が戻ってきた。

その後ろには、奴隷とは思えないほど美しい二人の女が控えている。

一人は、純白の肌とカントン・グリーンの瞳、そして緩《ゆる》いウェーブのかかったミディアムヘア。白に近い金髪が薄暗い部屋の中でも輝いていた。身長は千夜の胸あたりまでで、少し膨らみのある胸。細い腰に小柄なお尻を持つエルフだ。

もう一人は、褐色の肌と黒のロングヘア、そしてディープ・ローヤル・ブルーの瞳。ボロボロの貫頭衣《かんとうい》が今にも裂けてしまいそうなほど存在を主張している胸に、引き締まった腰、丸みのあるお尻。すべてが妖艶さを醸《かも》し出している。

だが、そんな美しさを損なうかのように、二人とも目には光が宿っていなかった。

（酷《ひど》い目に遭《あ》ったか）

同情することは無く、千夜は目の前の二人をじっと見つめる。

「お客様、どうなされますか？」

「いいな。買おう」

「ありがとうございます。それではエルフとダークエルフの二人で、金貨220枚でいかがでしょう？」

(相場よりも高くしてるな)

千夜はスキル【心眼】を使うまでもなく、奴隷商の表情からそれを看破《かんぱ》した。

(一見《いちげん》だからとなめているのか？)

「これからも奴隷が必要になったら買いに来るつもりなんだが……その値段では店を考え直すしかないな。店主とはこれからも良い関係でいたかったが」

「……金貨200枚でいかがでしょうか？」

「そうだな、そこに置いてある靴《くつ》とコートをふたつずつもらおう。それらも合わせて、金貨200枚でどうだ？」

「そうですね……わかりました。それで構いません。次にいらっしゃるとしたら、どんな奴隷がお望みでしょうか？」

「なるべく亜人種がいいな。人間の奴隷も悪くはないが、俺も亜人種だからな」

「わかりました。そういった奴隷が入りましたら、なるべく取り置きさせていただきます」

「助かる」

こうして値下げに成功した千夜は、二人と奴隷契約を済ませて店を後にした。

「さてと、次は……買い物か」

肩越しに視線を後ろに向けて、まず何を買うか決めた。

後ろに立つエルフとダークエルフはコートを羽織《はお》っているが、その下はボロ切れのような貫頭衣なのだ。

千夜は服を買うため近くの服屋に向かった。

「……い、いらっしゃいませ。今日はどのような服をお求めでしょうか？」

またも一瞬身構えられるが、千夜は気にせずに告げる。

「この二人に合う服を一式見繕《みつくろ》ってもらいたい。値段は気にしなくていい。なるべく早く頼む」

「畏《かしこ》まりました」

店員は踵《きびす》を返して服を選び始めた。

するとと千夜の後ろにいたエルフが話しかけてくる。

「あ、あの……」

「どうした？」

「どうして私達なんかに服を？」

「だってその格好じゃ冒険者になれないだろ」

「「え？」」

予想外の返答に、思考停止するエルフとダークエルフ。

「お前らには、これから俺と一緒に冒険者になってもらう。そのためにはまず見た目を何とかしないと駄目だろ？」

「「はぁ……」」

理解できないことを言われて、首を傾《かし》げるしかないエルフ達であった。

服を見繕った店員が戻ってくると早速着替えさせ、代金を払って、今度は食事に向かう。

「あ、あの、どこに向かっているのだ……い、いるのですか？」

今度はダークエルフの方が話しかけてくる。

「敬語が苦手なら使わなくていい」

「わ、わかった」

「よし、ここにするか」

千夜は適当な店に入り、四人用の席に座る。もちろん、奴隷二人が床に座ろうとしたのを改めさせるのに苦労したことは言うまでもない。

「さてと、まずは自己紹介といこうか。俺は千夜だ。よろしく」

「よろしくお願いします、ご主人様」

「よろしく、主殿《あるじどの》」

エルフとダークエルフが順に頭を下げた。

「おお、初めて奴隷を買ったが、ヤバイなこれは」

「何がだ？」

「いや、独り言だ」

表情は平静を保って手を左右に振る千夜。

「それで、お前達の名前は？」

「私はエルフのミレーネと言います」

「私はダークエルフのクロエだ」

「なるほど。ミレーネとクロエだな。これからよろしく頼む」

千夜はそう言って握手を求めたが、ミレーネとクロエは戸惑いを隠せない。

「出会ったときから思ったのだが、主殿は変な奴だな」

「ちょっ、クロエ！　ご主人様に向かってなに言ってるの！」

「変なのか？」

「変わってるのは間違いないな。普通、奴隷にここまでしたりしないぞ」

クロエの言葉に納得した千夜は、自分の考えを伝えることにした。

「なるほどな。しかし俺は、仲間や奴隷は家族だと思っている。お前達を奴隷扱いしないとここに誓《ちか》おう。俺が間違っていたり変なことをしたりしたら、率直に言ってくれると助かる」

驚いて目を丸くするクロエとミレーネ。

「やっぱり主殿は変な奴だ」

「申し訳ありませんが、私もクロエと同じ考えです」

「別に謝らなくていい。そう思ったんだろ。なら、それでいい」

すると、おそるおそるミレーネが聞いてくる。

「あ、あの質問してもよろしいですか？」

「別に構わない。それと、そんなに畏まらなくても俺は気にしないから」

「で、ですが……わかりました」

彼女は何かを決意したのか、握りこぶしを作った。

「あの……ご主人様は混合種ですよね？」

「そうだが、それがどうした？」

「い、いえ！　……ただ初めて見たので、本当に混合種かどうか確かめたかっただけです」

ミレーネが申し訳なさそうに俯くと、今度はクロエが口を開いた。

「なるほど。確かに珍しいよな、混合種は」

「主殿は混合種だったのか。てっきり火の国の生まれかと思ったぞ」

「どうしてだ？」

「外見を見て、竜族かと思ったんだ」

「それはないだろ。顔が竜とは違いすぎる」

千夜の言葉に顔を見合わせるミレーネとクロエ。

「主殿は知らないのか？　竜族の中にもいろんなタイプがいるのだぞ」

「そうなのか？」

「そうですよ。これは竜族に限った話ではなく、獣人族にも言えることです」

「知らなかったな」

そこでようやく料理が運ばれてきたので、話を区切って食べ始める。

ふと視線を前に向けると、遠慮しているのかチラチラと千夜の方を窺っていた。

（食べる許可が欲しいんだろうな）

千夜は嘆息して言った。

「どうしたんだ、食べないとせっかくの飯が冷《さ》めるぞ」

「「はい！」」

嬉しそうに返事をした二人は、黙々と料理を口に運んでいく。

その様子を見た千夜は、相当腹が減っていたんだな、と笑みを浮かべながら、食事を続けた。

「うまかったな」

「はい！　おいしかったです！」

「うむ。美味だった」

二人の場合は空腹のせいもあるだろうが、と思ってしまう千夜。

「さてと、飯も食べたことだしギルドに向かうか」

「「はい」」

テーブルに代金を置いて店を出る。

「確か、教えてもらった場所はあのあたりだな」

千夜は地図を見ながらギルドに向かう。

（地図を持つのが面倒だ。ゲームみたいに、視界の端にマップを表示してくれると楽なんだが）

そう考えた瞬間、手から地図が消え、視界の右端に見たことのあるマップが現れた。

「おいおい……」

あまりのことに驚きを隠せない千夜。

（あり得ないだろ。思っただけですぐに機能が追加されるなんて。てか、このマップ表示はゲームとほとんど一緒だぞ）

人から見ればやや不自然な動きで、マップを見ながらギルドを目指す。

そんな千夜を後ろから見ていたミレーネ達は、頭上に疑問符を浮かべていた。

数分歩いてギルドに到着。千夜は扉を開けて中に入る。

（予想通りだな）

中には、いかにも冒険者ですよ、という風貌《ふうぼう》の男達が大勢いた。

「行くぞ、ミレーネ、クロエ」

「は、はい！」

「了解した」

千夜達は空《す》いている受付に向かい、受付嬢に話しかける。

「すまないがいいか？」

「はい、どういったご用件でしょうか？」

流石ギルドの受付だけあって、千夜の外見にも動じる様子はなかった。

「冒険者登録をしにきた」

「わかりました。後ろのお二人も一緒に登録されますか？」

「頼む」

「登録には一人につき、銀貨３枚をいただきます」

千夜は懐から出すように見せかけて、アイテムボックスから銀貨９枚を取り出し、受付嬢に手渡した。

「こちらに手をかざしてください」

そう言うと、受付嬢はサッカーボールより一回り小さい水晶玉を、千夜の目の前に置いた。

(きっとステータスだな。ここは少し、低く弄《いじ》った方が良さそうだ)

そう理解した千夜は、ステータスを偽装して水晶に右手をかざす。

「はい。登録できました。後ろの二人も順にお願いします」

ミレーネとクロエも水晶に手をかざし、冒険者登録を済ませた。

「次に、冒険者ギルドの説明を行います。えっと……」

「千夜だ。で、こっちの二人がミレーネとクロエ」

千夜は二人を指し示しながら紹介する。

「わかりました。センヤさん達は冒険者に登録したばかりなので、Fランクになります。ランクはFからSSSまであります。正確には、SSSの上にXランクがあるんですが」

「Xランク？」

「はい。SSSランクの遥か高み、と言いましょうか。人外と呼ばれるSSSランクの冒険者が束《たば》になっても敵《かな》わない力を保有する者に与えられるランクのことです」

「そんな冒険者がいるのか」

「いえ、いません」

「何？　それなら必要ないと思うが？」

「黄金時代と呼ばれた遥か昔には、SSSランクは今よりも大勢存在したらしく、その中でも特別力がある者に与えられたのがXランクだと言われています。ですが、ほどなくして黄金時代は終焉《しゅうえん》を迎え、Xランクは空席となってしまったわけです」

「なるほどな」

経緯に納得した千夜は、数度頷く。

「すまない、話が逸《そ》れたな」

「いえ、大丈夫です。それでは話を戻させてもらいます。まず、Fランクが受けられる依頼は、薬草採取と街の手伝いが主です。討伐依頼はEランクからになります。薬草や討伐した魔物などは、あちらのカウンターで売却が可能です。また、BランクからAランクに上がる場合には、試験を受けていただきます。他に質問はありますか？」

「そうだな。例えば、冒険者同士でケンカになった場合に、相手に怪我《けが》をさせたらどうなるんだ？」

「その場合、怪我の度合いに応じて慰謝料を払うことになります。また、仲裁は我々ギルドが行いますので、仲裁料も必要になってきます」

「それじゃ、もし相手が先に攻撃してきて、そいつを返り討ちにした場合は？」

「相手が死なない限り、慰謝料を払う必要はありません」

「わかった。それじゃ、早速依頼を受けたい」

「ではあちらの掲示板からお選びください」

受付嬢に言われた場所に移動する千夜。

（あまり代わり映えがしないな……これにするか）

掲示板に貼られた依頼書の一枚を適当に手に取り、先ほどの受付嬢のところへ戻った。

「ケイハ草の採取ですね。この依頼は二十本採取で依頼達成になります。この依頼を三人で行いますか？」

「ああ、六十枚採取してくる」

「わかりました。お気を付けていってらっしゃいませ」

「ああ」

受付を後にした千夜達は、ケイハ草採取に向かうべくギルドを出ようとした。

そのとき、先ほどから三人をちらちら見ていた冒険者風の男が、千夜の前に立ちはだかる。

「ちょっと待ちな」

（……やっぱりこうなるよな。確認しておいて正解だった）

予想通りの展開に呆《あき》れてしまう。こういった新人いびりは冒険者の通過儀礼なのだろうか。

「なんだ？　俺達は今から依頼をこなしに行くつもりなんだが」

「悪いが少し話がある。ついてきてくれ」

「知らないおっさんについていくほどバカじゃない」

そんな千夜の言葉にギルド内がざわついた。

「……そうか、すまなかったな。つい、俺のことを知っているものと思ってな。俺の名はバルディ・ロワン。冒険者ギルド、ニューザ支部のギルドマスターだ」

「へ？」

予想とはまったく違う展開に、千夜は変な声を出してしまった。

「ギルドマスターが俺になんの用だ？」

「なに、ちょっと話があるだけだ。悪いがついてきてくれ」

ギルドマスターを無視するのは良くないと考え、千夜は言われるがままついて行くことにした。通された部屋には、大量の書類が散乱していた。

（もう少し片付けろよ）

ソファーに座り、出された紅茶を飲みながら思う。なお、ミレーネとクロエも連れて来ようとしたが、バルディに止められたため、今は隣の応接室で待ってもらっている。

「それで、俺に話とは？」

「お前のステータスのことだよ。センヤ」

千夜は即座に警戒した。バルディには、まだ名乗っていなかったからだ。

「冒険者登録に使われている水晶玉は、個人の属性とスキル、称号を記録する。それらのデータをギルドカードに移すことになるんだが、その際に俺はお前のステータスを見た。……一瞬でわかったよ、本当のステータスを隠しているってことは」

（こいつ、どうしてわかった？）

確かに千夜は、あまりに高すぎるステータスを知られるのは危険だと考え、【超隠蔽】のスキルを使いステータスを隠した。

「生憎《あいにく》と経験が豊富でな。最初は小さな違和感でしかなかった。でも、お前の姿を見た瞬間に確信したんだよ」

「俺の姿を見てだと？」

「ああ。最近、有名な盗賊集団が街道で皆殺しにされたんだが、殺した奴の外見がお前と合致《がっち》したんだよ」

「……それで、俺を捕まえるのか？」

「いや、逆に感謝している。あいつらにはみんな迷惑していたからな」

それを聞いて安堵する千夜。

（だが、これで終わりじゃないんだろうな）

「あいつらのリーダーは元Aランク冒険者だった。そして手下達も元B～Cランクの冒険者。話を聞くと、盗賊達は一瞬で殺されたらしい」

そう言ってバルディは、試すように千夜を睨む。

（誤魔化《ごまか》すことはできるだろうが……）

「そうだ。俺が奴らを殺したんだ。というより、どこで俺の外見を知ったんだ」

「ルーセント伯爵の騎士が報告したらしい」

「なるほどな」

そこまで聞いた千夜は、話は終わりだとばかりに立ち上がろうとした。

「まあ待て。それでな、お前の力ならすぐにSランクの依頼も受けられるだろう。だが、俺はお前のことを知らないし、周りの目もある。そこでお前には、Bランクからスタートしてもらうことにする」

「おいおい、良いのかそんな勝手なことをして？」

「実力のある奴にFランクの依頼を受けさせるのは、もったいないからな」

「それは助かるが、ミレーネとクロエがFランクのままなら、結局採取から始めないといけないだろ？」

「いや、一人でもBランクがいるパーティなら、Cランクまでの依頼を受けられる」

「なるほど。なら、そうさせてもらうか」

「ああ、頑張れよ。それとカウンターにもう一回寄ってくれ。ギルドカードを受け取れるはずだ」

「わかった」

部屋を後にすると、千夜は応接室で待っていたミレーネとクロエと合流し、一緒にカウンターでギルドカードを受け取った。

クロエが興味津々に尋ねてくる。

「それで、ギルドマスターの話とはなんだったのだ？」

「なんでも、俺はSランク並みの力があるらしい」

「「え？」」

唖然とする二人。

「でも、まずはBランクから頑張れ、だそうだ」

「ご主人様はそんなに強かったのですか？」

「そんなことないと思うが？」

千夜は首を振って否定した。

「いや、主殿は強いぞ。登録した日にBランクになるだけでも異常だ。普通Bランクに上がるまでには、早くても二年はかかると言われているからな」

「そうなのか……」

自分が普通ではないと改めて思い知り、ガッカリする千夜であった。

そんなこんなで、依頼を受けたケイハ草の群生地の森に向かう。

門兵にギルドカードを見せて西門を出て、三十分歩いたところで、ようやく目的地に到着した。

「さてと、それじゃ採取を始めるか。ミレーネとクロエは、ケイハ草の形を知っているのか？」

「はい」

「無論だ」

（知らないのは俺だけか。ま、【超解析】スキルもあることだし、なんとかなるだろ）

「一応護身のため、お前達にこれを渡しておく」

千夜はアイテムボックスから短剣二本と笛を取り出した。

「もしものときはこの笛を吹け。すぐに駆けつけるから」

「わかりました」

「わかった」

こうして三人は、手分けしてケイハ草を採取し始めた。

「さてと、どれがケイハ草だ？」

千夜は適当に草をむしり、【超解析】を使ってみる。

【解析品】
ケイハ草
【詳細】
緑色で、丸い形をした草。
下級の回復ポーションなどの材料。一部の村などでは食用にもされている。

「お、これがそうか」

早速お目当ての物を見つけて、思わずニヤリと笑う千夜だった。

採取を始めて三十分が経過した時点で合流した三人は、採取の成果を報告し合うことになった。

「ミレーネはどうだったんだ？」

「はい！　私はこれだけ採りました！」

ミレーネが指差した先には、大量のケイハ草が入った袋があった。

「私も負けていないぞ」

クロエも同じくらいの袋を持っている。

「お前らすごいな。これなら俺は採る必要がなかったかもな」

「それで、主殿はどれだけ採ったのだ？」

「ん？　俺はこれだけだ」

千夜はアイテムボックスを操作した。すると、ミレーネとクロエが採取した合計量の、二倍以上のケイハ草が出現する。

「………………」

あまりの量に言葉を失う二人。

「あ、あの、これだけの量をどうやって？」

「風の魔法を使って、片っ端から刈《か》っていったんだ」

ミレーネが目を丸くして固まった。

当然である。冒険者のMPは、平均三十分に1しか自然回復しない。MPポーションを使えばすぐに回復できるが、下級のMPポーションですら、ケイハ草採取の報酬より高い。そのため、ケイハ草の採取に魔法は使わないのだ。

「私、初めて見ました。こんな風に魔法を使う人」

「あ、ああ。私もだ」

でたらめな千夜の採取方法に驚きを隠せないミレーネとクロエであった。

十分な量を採取した一行は、そのまま帝都に戻ることにした。

帰り道の途中で、千夜は大事なことを思い出す。

「あ」

「どうしました？」

「いや、まだ宿屋を見つけていないことを思い出した」

「大丈夫ですよ。帝都はそれなりに宿屋が多いですから」

「そうなのか？」

「はい」

ミレーネに断言されたので不安は無くなったが、早く帰って宿屋探しをしよう、と提案する。

すると、ミレーネとクロエはどこか覚悟を決めた表情で、「はい」と答えた。

西門を通過した三人は、依頼達成を報告するためにギルドへ戻って来た。

扉を開けると、冒険者達が一斉にこちらを向く。そしてコソコソと話し出した。

（なんだ？）

疑問に思いつつもカウンターへと歩み寄る千夜。

「すまない、依頼をこなしてきた」

「はい、わかりました……って、もうですか!?」

カウンターにいたのは、今朝、冒険者登録をしてくれた受付嬢だった。

「あ、ああ」

あまりにも驚いた様子の受付嬢に、千夜も何事かと困惑する。

「それじゃ、ギルドカードと採取したケイハ草を出してください」

三人のギルドカードを渡し、三つの袋をカウンターに置いた。

「あ、あの……これは？」

「ん？　ケイハ草だが？」

「え!?　これ全部ですか！」

「そうだが？　袋ごとに右から、ミレーネ、クロエ、俺の分だ」

受付嬢は慌てて「少々お待ちください」と言うと、カウンターから離れる。

しばらくして、暇をしていたらしい別の受付嬢を二人連れて戻ってきた。

「お待たせして申し訳ありません。こちらの二人も確認しますので、お二方はあちらのカウンターに行ってもらえますか？」

「わかった。ミレーネとクロエはそうしてくれ」

「「はい」」

了承した二人は、別のカウンターへと向かった。

「それでは確認しますね」

受付嬢は袋を開けると、手際よくケイハ草の選別を行っていく。

数分して作業を終えた受付嬢は、膨大《ぼうだい》な量にやや混乱していた。

「こ、今回センヤさんに採取していただいたケイハ草は、全部で三百六十本になります。依頼内容は二十本。依頼達成時に支払われるお金は銅貨60枚。つまり600J《ジェル》になります。よろしいですか？」


この世界には紙幣がなく、硬貨のみが用いられている。

硬貨の種類は全部で四種類。銅貨、銀貨、金貨、白金貨がある。

銅貨100枚＝銀貨1枚。

銀貨100枚＝金貨1枚。

金貨100枚＝白金貨1枚。

また、J（ジェル）というのが世界共通の通貨単位である。

銅貨1枚＝10J。

銀貨1枚＝1000J。

金貨1枚＝10万J。

白金貨1枚＝1000万J。


「それで大丈夫だ」

千夜が頷くと、受付嬢は手元の書類に何か書き込んだ。

「残りも売ることができますが、どうなさいますか？」

「頼む」

「では残りの三百四十本と合わせて、合計で1800Jになります」

受付嬢が硬貨の入った袋をカウンターに置いた。

千夜は中身を確かめたのち、懐に入れるふりをしてアイテムボックスに入れる。

「それじゃあな」

軽く挨拶すると、既に確認が終わっていたミレーネとクロエの許《もと》へ向かった。

「二人はどうだったんだ？」

「はい。私はケイハ草が八十本だったので、銅貨81枚でした」

「我はケイハ草が六十本だったからな。銅貨74枚だったぞ」

「なかなかやるな」

千夜ほどではないにしろ、この二人が採取した量もまた異常で、受付嬢を驚かせていた。

「ご主人様はどうだったのですか？　あの量ですから、金額も相当でしょうが……」

「俺か？　俺は銀貨1枚と銅貨80枚だったな」

それを聞いた二人は、わかっていたこととはいえ、肩を落とした。

「あ、その報酬はお前らが自分で使え」

「え？」

「確かにお前らは奴隷だ。だがな、俺はお前らを仲間だと思っている。それにその金は、みんなで一緒に稼いだ金だ。お前らにだって使う権利はあるだろ」

「…………」

二人は千夜の言葉に目を丸くし、金の入った袋を胸の前で大切そうに握りしめて俯く。

「嫌か？」

「いえ！　ありがとうございます、ご主人様！」

「いや！　嬉しいぞ主殿！」

ミレーネとクロエが満面の笑みで答えた。

「それじゃ、宿探しに行くか」

「はい！」

◆

◆

◆

千夜達がギルドを出ていったあと、受付嬢三人が額を合わせて話し込んでいた。

「ねぇ、あの三人は何者なの？」

「私にもわからないわ」

「そういえば、ギルドマスターに呼び出されてたわよ」

「嘘！　それ本当なの？」

「本当よ。私見たもの。角が生えた変わった服装の男が、ギルドマスターと話していたのを」

（センヤさんがギルドマスターに呼ばれた？　もしかして前にギルドマスターが言っていた……？）

千夜のケイハ草を選別した青髪の受付嬢――マキは、そんなことを考えていた。

◆　◆　◆

ギルドを出て十数分経過したが、いまだに宿屋は決まっていなかった。

「主殿！　あれはなんだ！」

「ご主人様！　あれはなんですか！」

そう、原因はこの二人だった。他に面白そうな物がたくさんあり、そちらに目が行ってしまうのだ。

「ミレーネ、クロエ、いい加減にしろ」

流石の千夜も呆れてしまう。

「今は宿屋探しをしてるんだ。気になるのもわかるが、見物は明日にしろ」

「申し訳ありませんでした……でも、宿屋ならそこにありますよ」

ミレーネの指差した方向を見ると、確かにそこには良い感じの宿屋があった。

「……本当だ」

呆気なく見つかった宿屋に、「俺の焦《あせ》りを返せ！」と言いたくなる。

宿屋に入ると、夕方ということもあってか賑《にぎ》わっていた。

「いらっしゃいませ！　ようこそ『五帝鬼《ごていき》の祠《ほこら》』へ！」

入ってすぐに、赤いショートヘアに獣耳と尻尾を生やした少女が出迎えてくれる。

(猫の獣人族か。本当にこの帝都は亜人種が多いな)

「お客さん達は食事かい？　それとも泊まりかい？」

「泊まりで、二部屋頼む」

「申し訳ない。今、空《あ》いている部屋はひとつだけなんだよ」

「そうか。なら、一部屋でいい。その部屋にはベッドはいくつある？」

「ふたつだよ」

「わかった。なら、横手にある馬小屋を一晩貸してくれ」

少女はすぐに頷いた。

「別に構わないけど」

「そうか、助かる。それでいくらだ？」

「１１００Ｊだよ」

「高くないか？」

エリーゼから聞いた相場観を基に千夜が問うと、少女が目付きを鋭くした。

「当たり前だよ。うちは中級の宿なんだから」

「そうか。変なこと言ってすまなかった」

「それで、部屋割りはどうするんだい？」

「俺は馬小屋で寝るから、この二人を部屋へ。湯浴みもさせてやってくれ。あと、食事は俺も一緒に頼む」

「わかったよ。それじゃ、全部――」

「待ってください！」

「待ってくれ！」

突如、後ろに立っていたミレーネとクロエが叫《さけ》んだ。

「どうしたんだ？」

「どうしたんだ、じゃない！　変わり者とは思っていたが、これはやり過ぎだ！」

「何がだ？」

「どこの世界に、奴隷を部屋に寝かせて自分は馬小屋で寝る奴がいるんだ！」

「ここ」

怒鳴るクロエに対し、キョトンとした表情で自分を指差す千夜。

「普通では考えられません！」

「いや、普通とかこの世界の常識とか知らん。俺は俺のやりたいようにする。それだけだ」

「そ、そんな……」

「あ、主殿はやっぱり変わり者だ」

驚きを隠せないミレーネとクロエだが、こうも思った。私達のご主人様がこの人で良かったと。

「わかりました。奴隷はご主人には逆らえません。だから、お願いです。ご主人様も私達と同じ部屋で寝てください」

その言葉に目を見開く千夜。

「別に構わないが、お前らはどうするんだ？」

「私とクロエはひとつのベッドで寝ますので平気です」

強い意思が宿った目で訴えるミレーネ。

「……わかった。俺の負けだ」

やれやれ何気に頑固《がんこ》だな、と思う千夜であった。

「すまないが馬小屋はいらなくなった」

「ふふ、わかったよ。それじゃ二人部屋に三人で宿泊、三人の朝夕食付きで、湯浴みの分も足して、一日あたり１３５０Ｊだよ」

「今度は安くないか？」

「サービスだよ」

「サービス、なぜだ？」

「理由が知りたかったら後ろの二人に聞くんだね」

振り返ると、顔を赤くして俯くミレーネとクロエの姿があった。

（酒の臭いで酔ったのか？）

千夜はどうにも状況が掴めない。

「これが部屋の鍵だよ。どうする、先に夕食を食べてから部屋に行くかい？」

「そうだな」

「わかった。それじゃその席に座って待ってて。あ、それと私の名前はミカ。よろしくね」

ミカは手を振りながら厨房の中へと消えていった。

（可愛いな）

そう思った途端、両脇腹を思いっきりつねられる。

（痛くはないが、なぜつねる？）

首を傾げるしかない千夜だった。

言われた席に座ると、食事が出てくるまで、疑問に思っていたことを聞いてみることにした。

「そういえば、エルフとダークエルフって仲が良いのか？」

「いえ、そんなことはありませんよ。どちらかと言えば悪いですね。寿命はほとんど変わりませんが、エルフは森と共存する種族、ダークエルフは草木が生えない岩山で暮らす種族ですから」

「なるほどな。でもお前らは……」

「ダークエルフとエルフは、住む場所、使える魔法が対極的だ。それが疎遠な原因ではあるな。でも私達は同じ奴隷だ。同じ日に、同じ部屋に閉じ込められた間柄でもある。仲良くもなるさ」

クロエとミレーネの表情に一瞬影が差す。

しかしクロエがすぐに、「今となっては良い思い出だ」と笑顔で続けた。

（まったく無理をして。ま、俺が主として頑張らないとな）

「そうか。なら、これからは今まで以上に楽しく生きないといけない」

「はい！」

「当然だ！」

二人は笑顔のまま頷いた。

（待てよ。もしかしてこの二人、俺より遥かに年上ってことは無いよな……）

「もうひとつ聞くが、お前らの年は？」

「私は十六歳です」

「私は十九だ」

「そ、そうか」

心から安堵する千夜だった。

ようやく出てきた日替わりディナーを食べ、エールを飲む。

この世界での成人は十五歳だ。

(酒は初めて飲むが、うまいもんだな。ゲームアバターが酒好きの設定だからか？　確かアイテムボックスにも何種類か酒があったはずだ。今度飲んでみるか)

食事を終えた三人は、二階の右端の部屋に向かう。

「うまかったな」

「はい、あの野菜と肉のシチューはおいしかったです」

「確かに、肉も柔らかくて美味だった」

うっとりするミレーネと、指をなめるクロエ。

(お気に召したようだな)

それぞれ感想を言い合いながら扉を開けると、そこはベッドがふたつと、壁際に机と椅子が置かれただけの質素な部屋だった。

(ま、貴族《エリーゼ》の部屋に比べたら期待はできないよな……ん？)

そこで千夜は違和感を覚えた。なぜかベッドがくっつけてあるのだ。

（あの獣耳娘め、変な気を遣いやがって）

思わずため息をつく千夜。

そのとき、ドアがノックされる音が後方から聞こえ、ドアを開けると、ミカが湯の入った桶《おけ》を持ち立っていた。

「これで体を洗うといいよ」

「ありがとうございます」

ミレーネが桶を受け取ると、ミカは一瞬千夜に視線を向けたあと、ニヤニヤしながら出ていった。

（マセ餓鬼《ガキ》め）

そんなミカを睨みながら見送る千夜。

「あ、あの！」

突然、ミレーネが叫んだ。

「どうした？」

耳まで真っ赤になったミレーネを見て、千夜は、男の前で体を洗うのが恥ずかしいのだろうと推測していた。

だが、次にミレーネから発せられた言葉は予想の斜め上を行くものだった。

「よ、夜の相手は……わ、わっ、私が！　しますから……どうかクロエには、手を出さないでいただけますか！」

ミレーネは湯の入った桶を床に置くと、その場に膝をついて頼み込んできた。

千夜は内心驚きながらも、表情を変えることなく見つめ返す。

（友情か……）

そんなことを考えながら、少し悲しく思う。

それに対して、クロエは目を見開いて驚きを隠せずにいた。

「なっ！　何を言ってるんだ、ミレーネ！　主殿！　床の相手は私がしますから、どうかミレーネには手を出さないでください！」

クロエもまた同じように、膝をついて頼み込んでいた。

そんなクロエを見て驚き、怒るミレーネ。そんなミレーネに言い返すクロエ。

（まったく、こいつらは……）

千夜は言い争いに呆れて額に手を当てる。

「あのな、ミレーネ、クロエ」

「「はい！」」

二人の強い決意のこもった返事に気圧《けお》されそうになりながらも、言葉を続けた。

「誰が夜の営《いとな》みをするなんて言った？」

「「え？」」

「別に俺も性欲が無いわけでは無いが、抑えられないほど欲求不満なわけでもない。だから安心しろ」

（ま、それに先日ある程度出したからな）

その言葉に安堵する二人。

その安堵は己が助かったことに対するものではなく、仲間が犯されなかったことに対してだった。

「ま、お前らがしたいなら、別にしても良いぞ？」

ミレーネとクロエは慌てて首を横に振る。

「なら、しない。俺は外にいるから体を洗い終わったら言ってくれ」

そう言って部屋を出て行った。

（まったく、俺もヘタレだな）

脱力して嘆息する千夜だった。


千夜が出て行ったことにより、部屋の中はミレーネとクロエのみとなった。だが、二人は言葉を交わすこともなく、その場から動いてもいなかった。

しばらくして、ようやく顔を見合わせるように動いた。

そして一言。

「やっぱり変わったご主人様」

「やっぱり変わった主殿」

クスクスと笑いながら呟く。それでも心の中では感謝していた。

二人は服を脱ぐと、湯が入った桶にタオルをつけて体を拭《ふ》く。

貴族達が泊まるような宿ではない限り、浴室はこの世界の宿にはない。共用トイレがあるだけでも、この宿はマシな方である。

「それにしても、どうしてご主人様は私達のような者を買ったのかしら？」

「さあ？　主殿には何か考えがあるのではないか」

「そうよね。きっと大きな夢があるのよ」

「そうだ。そうに違いない」

二人は勝手に結論づけながら体を綺麗《きれい》にするのだった。


「終わりましたよ」

「おう」

廊下《ろうか》に座って待っていた千夜を呼び戻すと、二人はベッドに座って談笑し始めた。そんな彼女達を気にすることなく、千夜は服を脱ぐ。

「「え？」」

突然の行動に驚いた二人は声も出せなかった。

別に、男の裸を見るのが恥ずかしいわけではない。いや、恥ずかしい気持ちはあるが、そんなことすら忘れさせるものが目の前にあった。

「あ、主殿……その大量の傷痕《きずあと》はいったい……」

「ん？　あ、ああ。これは戦闘でつけられたものだ。ほとんどが魔物だがな」

（すっかり幻術スキルを使うのを忘れていたな。設定時にふざけてつけたものだが、こうして見るとやり過ぎたな）

そんなことを思いながら、ベタベタする体を温かい濡れたタオルで拭いていく。

「そうだったのですか……」

「ん？　なんで悲しそうな表情をする？」

「いいえ、ただ……ご主人様はすごい世界で生きてきたんだなと……冒険者になる前から魔物と戦うなんて」

「別に大したことじゃない。それしか俺には無かっただけだ」

千夜は平然と言ったつもりだが、ミレーネとクロエにはそう映らなかった。

体を拭き終わった千夜が、湯桶を一階にいたミカに渡して部屋に戻ると――。

「これはどういうことだ？」

そこには下着姿のミレーネとクロエが立っていた。

以前ならいきなりのことに驚いただろうが、既に経験済みの千夜は混乱することなく、平然と部屋に入りドアを閉めた。

「何をしているんだ？」

千夜は念のため二人に尋ねた。

「ご主人様、どうか私を、いいえ、私達を抱いてください！」

「頼む主殿！」

二人は恥ずかしさを我慢して叫んだ。

「なぜ、いきなりそんなことを言う？　お前らが嫌なら、俺はしないと――」

「違うんだ主殿……私達は抱いてほしいんだ。主殿に嫌われないようにするためとか、そういうのじゃなく……ただ主殿に抱いてほしいのだ！」

クロエは顔を真っ赤にして己の気持ちを吐き出した。

「わかった。なら、ベッドに座れ」

千夜に言われた二人はコクリと頷き、ゆっくりとベッドに座った。

「それじゃ、始めるぞ」

「「……………はい」」

「なんてな」

「「え？」」

千夜は立ち上がり、服の皺を伸ばす。

「あ、あの、ご主人様？」

「なんだ？」

「どうして抱かれないのですか？」

「俺は、怯《おび》える女を抱く趣味はない」

「「！」」

千夜から返ってきた言葉。それが図星である証拠に、ミレーネ達の体は小刻みに震えていた。

それでも――。

（ただ、私達はご主人様に気持ちよくなって欲しかった。つらいことをすべて忘れて。でも本当の意味で救われたのは、私達だったのですね）

あのとき見せた千夜の寂しげな表情に、ミレーネ達の母性本能が刺激された。

だがそれは、恋ではない。片方が温まっても、もう片方が温まらなかったら意味がない。二人はそのことに気づいていなかった。

千夜はミレーネ達から離れる。

「今日はもう寝ろ。悪いが俺はこっちのベッドを使わせてもらう。いいな？」

「「は、はい……」」

◆
◆
◆

翌朝、目覚めた三人はすぐに服を着替えて朝食を食べた。

給仕をするミカに、「昨日は楽しめた？」などと聞かれたが、千夜は「何もなかった」と答えただけだった。

食事を終えた三人はギルドに出かける。

朝ということもあり、ギルドは依頼を受ける冒険者で賑わっていた。

（さてと、俺達も依頼を探すか）

千夜は依頼を受けるため、掲示板に貼られた依頼書を眺める。

そこに、ひとつの気になる依頼書があった。

「これ、面白そうだ」

依頼書を手に取って、詳しく読む。

【依頼内容】
オーガとゴブリンの討伐
【報酬】
討伐数による。
ゴブリン一体400J（銅貨40枚）

オーガ一体１万Ｊ（銀貨10枚）

「よし、これにしよう」

千夜が依頼書を持ってカウンターに向かうと、そこにはマキがいた。

「あ、センヤさんおはようございます。今回はどんな依頼ですか？」

「これを受ける」

「オーガとゴブリンの討伐ですか。でもこの依頼はBランクの依頼です」

「俺はBランクだが？」

「はい、それはわかっています。ですが、ミレーネちゃんとクロエちゃんを連れて行くとなると、Cランクまでの依頼しか受けられません。それにこの依頼は他の冒険者が二度失敗していまして、Bランクの中でも危険度が高いものです」

「安心しろ。あの二人にはゴブリン数匹しか相手をさせないつもりだ」

「ですが……」

規則は規則だと言いたそうにするマキ。

（残念です）

いきなりランクが上がり、慢心して死んでいった冒険者を何度も見てきたマキは、正直落胆を隠しきれなかった。

「別に良いぞ」

「ギルドマスター!?」

突然のバルディの登場に驚きを隠せないマキ。

「ですが……」

「コイツなら大丈夫だよ。そうそう死ぬような奴じゃねぇからよ」

（いったいその根拠は何処から来るんですか？）

不満に思いながらもマキは依頼申請を受諾し、ギルドカードを千夜に渡した。

「ありがとう、助かった」

「なに、これもギルドマスターとして当然のことだ」

「ただの職権乱用じゃないんですか？」

「何か言ったか？」

「いえ、何も」

怪訝そうな目を向けるバルディから、マキは視線を逸らす。

「それじゃあ、行くとするか」

なんとか依頼を受けることに成功した千夜は、ミレーネとクロエと共に、ゴブリンとオーガが棲《せい》息《そく》している北の森に向かった。

北門から北の森までは、徒歩で約二時間という距離だ。

昔はもっと帝都近くまで森が広がっていたが、魔物や他国軍、盗賊からの襲撃をいち早く知るために伐採《ばっさい》された。

そんなことを知る由《よし》も無い千夜達は、普通に北の森に向かう。

「そういや、お前達のステータスを知らなかったな」

千夜はふと思い出し、歩きながら言った。

「そういえば教えていませんでしたね」

二人もすっかり忘れていたようだ。

(ま、見ようと思えばいつでも見られるが……)

「見せてもらっていいか?」

「ご主人様、『いいか?』ではなく、『見せろ』と言うのですよ」

ミレーネが笑顔でそう言った。

(まったくどうしたんだ。昨日の夜のせいか?)

どうやら昨夜の一件から、千夜に対する信頼度が上昇しているらしい。

「なら、見せてくれ」

「はい」

「無論だ」

二人は千夜にステータスを開示した。

ミレーネ【エルフ】
レベル34
HP900
MP2200
STR150
VIT218
DEX660
AGI318
INT250
LUC60
【スキル】
剣術レベル5、弓術レベル8、治癒レベル2、調理レベル4、鑑定レベル1
【属性】
水、風、光

クロエ【ダークエルフ】
レベル39
HP1200
MP670
STR800
VIT420
DEX260
AGI390
INT150
LUC90
【スキル】
剣術レベル7、弓術レベル2、暗殺術レベル4、危機察知レベル5、隠密レベル5
【属性】
火、土、闇

「……対照的というか、両極端なステータスだな」

千夜は呆れて軽くため息をついた。

「多分、生まれた場所が関係しているのだと思います」

「なるほど。それじゃ、ミレーネはなんで【鑑定】スキルなんて持っているんだ？」

「私の場合は家の手伝いで」

「なるほどな。それじゃ、クロエの【暗殺術】は？」

「暗殺術は、ダークエルフ全員が持っているスキルだぞ？」

「そうなのか？」

「岩山に住むダークエルフが、効率の良い狩りを追究した結果が、暗殺術を使った狩りなのだ」

「なるほど、それぞれの土地による影響というわけか」

千夜は顎に手を当てて考え込みながら、視線をクロエに向ける。

「悪いが、闇魔法と暗殺術の合体技を見せてくれ」

「無論だ」

そう言うと、クロエは目の前の木を標的にし、腰のナイフを手に取ると同時に闇魔法を発動した。

すると、足元に闇の渦《うず》が出現し、クロエはそこにナイフを落とす。

グサッ！

標的となった木の方から音が聞こえる。千夜とミレーネが視線を向けると、そこには闇の渦から現れたナイフが木に刺さっていた。

「ほぉ、これはすごいな」

（このレベルでこれか。もっとレベルを上げれば色々と応用が利きそうだな）

「ありがとう、クロエ」

「べっ、別に感謝されるほどではないぞ」

頬を赤く染めるクロエに対し、ミレーネは不満そうな表情をしていた。

「さてと、それじゃ狩りに行くか」

三人は森のなかを歩きながら、オーガとゴブリンの巣を探す。千夜は念のために、危機察知スキルを発動させた。

危機察知スキルにはふたつの効果がある。

ひとつは、近くに敵意を持った者がいたときに知らせてくれるというもの。もうひとつは、己を中心としたマップ内に、味方と敵の数と位置を表示するというものだ。

（この青いのが俺で、俺のそばにある黄緑色がミレーネとクロエか。今のところ敵は見当たらないか）

そんなことを思いながら、念のためとアイテムボックスから刀を取り出した。

この刀の銘《めい》は『鬼椿《おにつばき》』。千夜が自分で打った刀である。鬼椿は千夜が打った刀の中では一番出来の悪い刀だが、それでも英雄級の力を宿している。

武器にはそれぞれ等級があり、下から、粗悪、通常、良好、天才、英雄、古代、伝説、神と続く。

鬼椿の能力は、使い手のＤＥＸとＡＧＩを80パーセント上昇させ、剣術と刀術のレベルを一時的に二倍にする能力である。

また、これは千夜が製作した武器すべてに当てはまることだが、千夜あるいは千夜が許可した者以外が使うと、呪いが発動する。つまり一種の妖刀と言える。

鬼椿を携えて歩くこと数分。千夜のマップに赤マークが大量に表示されていく。

その数およそ、五十。

（ようやくお出ましか）

千夜は久々の戦闘に不敵な笑みを浮かべていた。

（ま、ミレーネとクロエの実力も知りたいしな）

「二人とも、敵が大量に近づいている。ほとんどは俺が倒すから、六体だけお前達でやってみろ」

「わ、わかりました！」

「わかった！」

緊張するミレーネと、やる気満々のクロエ。

「互いにカバーし合うことも忘れるなよ」

「「はい！」」

二人から元気のいい返事が聞こえると同時に、ゴブリンとオーガが視界に現れた。

「なっ！　数が多すぎる！」

「一度撤退してから作戦を練りましょう！」

二人はあまりの数に腰が引けていた。

「その必要は……ない！」

いつの間にか、ミレーネとクロエの前から千夜の姿が消えていた。

「「え!?」」

二人は消えた主を探そうと、視線を巡らす。

すると、前方から醜悪《しゅうあく》な悲鳴が聞こえてきた。視線を向けると、ゴブリンとオーガ達が悲鳴を上げながら倒れていく。

数秒後にはゴブリン数体だけが残り、怯えて二人の方に逃げてくる。千夜によって誘導されたとも気づかずに。

「ミレーネ！　クロエ！　行ったぞ！」

千夜の言葉で我に返る二人。

そこへ、短剣を構えたゴブリン四体が迫ってきていた。

（少し殺しすぎたな）

千夜は反省しながら、ミレーネとクロエの戦う姿を観察する。

「私が動きを止めますから、攻撃してください！」

「わかった！」

ミレーネが風魔法を発動するため詠唱を始める。数秒で詠唱が終わると風盾《ウィンドシールド》がゴブリン達の前に出現し、激突したゴブリン達は衝撃でよろける。

その隙にクロエが駆け寄り、ゴブリン四体を短剣で斬り殺していった。

「ほう、なかなかやるな」

まだまだ隙だらけの連携だが、即席にしては上出来だ。

「二人ともよく頑張った」

「「あ、ありがとうございます！」」

二人は肩で息をしながら返答した。

「後は俺が殺《や》るから、お前達は見学してるといい」

「で、ですが！」

「安心しろ。あいつらじゃ俺に掠《かす》り傷ひとつつけられないから」

そう言うと千夜は、ゴブリンとオーガの巣に向かって歩き始めた。

数分後、再びマップに敵を表す赤マークが表示された。

先ほどとは比べようが無いほどの多数である。

（オーガが三百、ゴブリンが四百ってとこか）

ゴブリンの巣が目視できるようになると、洞窟の入り口を守るように、ゴブリンとオーガが数体で見張りをしていた。

「お前達はここで待っていろ」

小声で言うと、千夜はミレーネとクロエの目の前から消える。

そこからはもう、一瞬の出来事だった。

姿が消えたかと思った瞬間、見張りをしていたオーガとゴブリンは首と胴が離れた状態で倒れていた。

洞窟の中からは金属と金属がぶつかり合う音は一切せず、ただ悲鳴のみが聞こえてくる。

数分経ったころ、洞窟の中から足音が聞こえてくる。徐々に大きくなる音に、二人は怯えながら洞窟を見つめていた。

中から現れたのは、この国では珍しい和服姿の男――二人の主である千夜であった。

「ご主人様！」

「主殿！」

二人が駆け寄ると、千夜は笑顔で答えた。

「大丈夫だ」

「心配しました！」

「ミレーネの言うとおりだぞ、主殿！」

「そうか。それは済まなかったな」

本気で心配する二人に対して、平然と答える千夜。

「それより、どうやらここは元々盗賊の根城だったらしいぞ」

「「え？」」

「中に宝石や金塊があった」

武器もあったようだが、そのほとんどがオーガやゴブリンによって使い潰され、使い物にならなくなっていた。

「すまないが少し手伝ってくれ」

「「はい！」」

千夜達はゆっくりと洞窟に入る。そこでミレーネとクロエが見た光景は、まさに死屍累々《ししるいるい》であった。

足元は死体と血で地面が見えなくなり、歩く度に水溜まりを踏んだときのようなピチャッという音が響く。それを聞く度に、二人は背筋が凍《こお》るような思いがした。

洞窟の一番奥に到着した一行は、宝石と金塊、まだ使えそうな武器をかき集めるとすべて千夜のアイテムボックスに入れたのだった。

◆
◆
◆

依頼を達成した三人はギルドへ戻ってきた。

千夜はまだ気分の優れない二人を椅子に座らせると、飲み物を二人分頼んでから受付カウンターに向かった。

「依頼をこなしてきた」

「もうですか！」

「ああ」

マキは千夜がどんな依頼を受けたか知っている。これはあまりにも早すぎるのだ。

「……わかりました。ギルドカードを出してください」

「ああ」

採取依頼の場合は採取したものを受付に渡すが、討伐依頼の場合はギルドカードを提出すればよい。討伐内容が自動で記録されているからだ。

かつては、討伐したモンスターの一部を切り落として討伐の証《あかし》としていたが、それが原因で流行り病が発生したため、ギルドカードの改良が求められて今のようになった。

ちなみに、採取依頼の場合も、採取物はギルドカードに記録されている。

「それでは確認させていただきます。今回受けられた依頼はゴブリンとオーガの混合軍団の殲滅ですね。依頼書には数が書かれていません。この場合は規定により、ギルドが定めた数を倒した場合のみ依頼達成となります。今回はゴブリンとオーガ両方合わせて六十体以上倒していれば達成となります」

「わかった」

「それでは確認を始めます……え、えええ!?」

突然、悲鳴にも似た大きな声を出すマキに、周りの冒険者や受付嬢は何事かと視線を向ける。

それに気づいたマキは恥ずかしくなったようで俯いたが、すぐに仕事を再開した。

「今回センヤさんが倒したのは、ゴブリン五百二十体、オーガ三百六十体です。今回の依頼ではゴブリン一体が銅貨40枚（400J)、オーガ一体が銀貨10枚（1万J）なので、合計で380万8000Jになります」

「悪い、待ってくれ」

マキの言葉に千夜はストップをかける。

「はい。なんでしょう?」

すると、千夜はクロエを連れてきた。するとクロエもギルドカードをマキに渡す。

「済まないがクロエも倒したんだ。だから一緒に頼む」

「わかりました。それでは確認します……えっとクロエさんはゴブリンを四体倒されているので

1600Jになります」

マキは報酬が入った袋を渡す。

「それではセンヤさんの分の380万8000Jがこちらになります」

「ああ」

千夜は返事をしながら受け取る。

「それでは次回も期待しております」

社交辞令なのか本心なのかわからない口調で、マキが言った。

「ま、頑張るよ」

そう答えた千夜は、復活したクロエとミレーネを連れてギルドを後にしたのであった。

◆◆◆

数分後、ギルドマスターであるバルディの部屋に、ドアを慌ててノックする音が響いた。

「誰だ？」

「私です！　マキです！」

部屋に入るとマキは、すぐにバルディに駆け寄った。

「どうしたそんなに慌てて」

「こ、これを見てください！」

マキが渡したのは、これまでの依頼が達成されたことを記録する水晶板だった。

「ふむ、どれどれ……ほう……」

バルディも驚いていたが、どこか嬉しそうであった。

「流石だな」

「流石だな、ではありません！　これはすごいことですよ！　これまでの最高記録です！」

「だろうな」

いまだ興奮が覚めやらないマキに対し、嬉しそうに水晶板に書かれた記録を眺めるバルディ。

「これは明日にでも試験した方が良いかもな」

「私もそう思います……」

これは、帝都ニューザに千夜の名が広まる前日のことだった。

◆　◆　◆

「はっくしゅん！」

「どうしたのですか？」

「風邪か主殿？」

「いや、違うと思う」

宿屋に戻った三人は夕食を堪能したあと、体を休めるため即行で眠った。

◆　◆　◆

朝になり、食事を済ませた三人はギルドに向かう。

中に入ると、冒険者達の視線が当たり前のように集まってきた。

「なんだ？」

いつも以上に注目されているようで、千夜は首を傾げながら受付カウンターに向かう。すると、マキが声をかけてきた。

「あ、センヤさん、おはようございます」

「おはよう」

「早速で申し訳ないのですが、ギルドマスターがお呼びなので来てもらえますか？」

「またか……」

「はい。またです」

千夜のため息に、マキは申し訳なさそうな苦笑いを浮かべる。

千夜は仕方なく、ミレーネとクロエを連れ、ギルドマスターの部屋に向かった。

「ま、座ってくれ」

(前より汚くなってないか?)

「少しは掃除しろよ」

「そうですよ。センヤさん、もっと言ってやってください!」

後ろからマキが追撃する。

「いいんだよ。置いてある場所はわかってるから」

「それは片付けができない人間の言い訳だ、バルディ」

千夜が呆れながら言うと、またも後ろから「そうですよ!」という声が聞こえてくる。

「で、俺を呼び出した理由は?」

「そうだったな。お前に試験を受けてもらいたい。もちろん後ろの二人にもだ」

「試験? 昇格試験か?」

「そうだ」

Bランクから Aランクに昇格するには試験が必須だが、それより下のランクでも、早く昇格したければ申請して受験することが可能らしい。ギルドが受理するかどうかはまた別の問題だが。

(ランクが上がれば、依頼を受ける回数も少なくて済む。そうなれば時間的余裕もできるし、クロエやミレーネにも訓練をしてやれるか……)

「わかった。それでいつ始めるんだ?」

千夜の言葉を聞いたバルディは不敵な笑みを浮かべて言った。

「今すぐだ」


試験会場となるのはギルドの地下に設置された訓練所だった。

莫大《ばくだい》な資金を投入して作られた訓練所は、物理攻撃、魔法攻撃を防ぐ結界が張られており、壁の厚さはなんと二メートルもある。

そんな訓練場にやって来たのは、千夜、ミレーネ、クロエ、マキ、バルディの他に、ギルドで働く試験官が二名だ。

「それじゃ始めるか。まずはセンヤ、お前からだ」

「だろうな」

今回の試験のメインは千夜だ。ミレーネとクロエも周りから注目されているが、今回はあくまでおまけにすぎない。

「それで俺の相手は？」

「俺だ」

進み出たのは、なんとバルディだ。

「どうしてお前が相手なんだ？　あっちの二人のどちらかじゃないのか？」

「彼らはミレーネとクロエの実力を判断する試験官だ」

「そうかよ」

千夜は嘆息する。

「それじゃ始めるか」

「はいはい」

やる気満々のバルディに対して、千夜は面倒臭そうに五メートルほど間合いを取って対峙《たいじ》した。

◆　◆　◆

対峙する二人を見守るミレーネとクロエ、そしてマキ。

「ご主人様は大丈夫なのでしょうか？」

「わからないな。マキさん、ギルドマスターって強いのか？」

「ええ、強いわよ。現役のときはＳＳランク冒険者として有名だったもの。今は現役のときよりも実力は落ちていると思うけど、それでもＳランク並みの力はあるわ」

それを聞いた二人は青ざめ、拳を強く握りしめて祈る。そんな行為が無駄になるとは知らず……。

◆　◆　◆

「それじゃ、始めるかな」

「ああ、いいぞ」

互いに武器を構える。

千夜の武器は鬼椿ではなく『鬼翔天《きしょうてん》・斬《ざん》』である。

これは、千夜が遊び半分で作ったシリーズと呼ばれる四種の武器のひとつだ。シリーズには『斬』『打』『突』『射』があり、そのすべてが同じ素材で作られている。

なお、能力はこうなっている。

鬼翔天・斬
【等級】
英雄級
【スキル】
AGI15％上昇、DEX10％上昇
【シリーズスキル】
STR20％上昇、VIT20％上昇、DEX30％上昇、AGI40％上昇
※シリーズスキルは、パーティメンバーがシリーズ武器すべてを装備していないと発動しません。

【製作者】

百鬼千夜

つまり単体ではそこまで力を発揮しないが、パーティメンバーでシリーズ四種をすべて装備すると、強力な武器に変貌する。

一方、バルディの武器は大剣である。長さ一・五メートル以上あり、まともに食らえば間違いなく真っ二つになる。

静寂の時が流れ、互いに睨み合う。聞こえるのは互いの呼吸音のみ。

どちらかと言えば、周りの観客の方が緊張しているようだった。

最初に動いたのは……バルディ。

「うらあああ！」

バルディは巨体に似合わぬ猛スピードで千夜との距離を詰める。

それに対して千夜は動かない。

(どうした、なぜ動かない！)

バルディは自らの間合いに千夜が入ったと感じた瞬間、大剣を横に一閃する。

バルディの速さと迫力に負けて、千夜は固まっているのだと誰もが思っていた。

しかし結果は――。

「俺の負けだ」

そう言って両手を挙げたのはバルディだった。

その言葉を受け、千夜は刀の切っ先をバルディの首筋から外す。

それを見た周りの者達は、驚きのあまりポカーンとしていた。

「勝てる気はしなかったが、こうもあっさり負けるとはな。それも俺の大剣を真っ二つに斬りやがって」

「どうせ予備だろ、その剣は？」

真っ二つに切断された剣の片割れに視線を向けながら、千夜は尋ねた。

「……あはははは！　これはやられた！　まさかそこまで見破られているとはな！」

バルディは大声で笑う。それも楽しそうに。

「センヤおめでとう。これでお前も今日から――」

「Aランクだな」

「いや、ＳＳランクだ」

「は？」

バルディの意外な言葉に、素《す》で驚いてしまう千夜。

「ご主人様！」

「主殿！」

ミレーネとクロエはすぐに目の前で起こったことを理解したのか、嬉しそうに抱きついてきた。

「流石です、ご主人様！」

「すごかったぞ、主殿！」

「ああ、ありがとうな。次は二人の番だぞ」

「「はい！」」

千夜に撫でられてくすぐったそうに笑みを浮かべる二人の姿からは、試験前の緊張が感じられなかった。

「さてと、センヤの昇格試験は終わったしな。そろそろ次を始めるとしようか」

こうして始まったミレーネとクロエの昇格試験。

結果だけ言えば、二人とも呆気なく合格した。

ミレーネは風魔法と弓による合わせ技で。クロエは闇魔法と短剣の合わせ技で。

元々二人の実力はそれなりのもので、あっさりCランクの試験官に勝ってしまったのだ。そのため一気にBランクに上がった。


「――さてと、試験も終わったことだし、これでひと安心だな」

「それじゃ、なんでギルマスの部屋に連れて来られてるんだ？」

「ま、固いこと言うなや。俺とお前の仲だろ。あははは！」

バルディは豪快に笑った。

「まったく……で、俺をここに連れて来た本当の理由は？」

「流石だな。ま、簡単なことだ。クランの名前を考えてもらいたいんだ」

「クラン？」

「ああ。有名な冒険者が名無しのパーティで活動していると、勧誘してくる奴が多いからな」

「なるほどな。名のあるクランならちょっかいも出されないし、勧誘もされないってことか」

「そうだ」

「わかった、考えてみよう」

とりあえずクラン名を考えること、十数分。

「思いつかないな」

「思いつきませんね」

「思いつかないのだ」

千夜、ミレーネ、クロエはいまだにひとつも案を出せなかった。

そのときである。

「こんなのはどうですか？」

ミレーネが何か閃《ひらめ》いたようだ。

「言ってみろ、ミレーネ」

「はい。闇《やみ》の月鬼《げっき》です」

「悪くはないが……」

言葉を濁す千夜だったが、クロエが台無しにしてしまう。

「悪党集団の名前みたいだぞ」

(クロエ、少しは空気を読めよ)

「酷い！　悪党集団みたいな名前ってなんですか！」

「だって、闇とか鬼とか入っているから……」

クロエの返答に再び怒るミレーネ。それに対して反論するクロエ。一瞬にして口喧嘩《くちげんか》になってしまう。

「あははは！　流石のお前もこれは大変だな」

バルディは腹を抱えての大笑いである。

「ああ、まったくだ……仕方ないな。なら、こんなのはどうだ？」

「「えっ？」」

「月夜《つきよ》の酒鬼《しゅき》」

「あのー、どういう意味ですか？」

ミレーネの問いに、千夜が解説する。

「まず、『月』はミレーネを、『夜』はクロエを表している。それに、俺の見た目の『鬼』と、俺の好きな『酒』を入れた。ま、クランメンバーの印象を一文字で表して、ついでに俺の好きなものも入れてみたってことだな」

「良いと思います！」

「確かに。ミレーネの案と比べたら、断然主殿の方がいいな。悪党っぽくないし」

「まだ言うんですか！」

再び喧嘩を始める二人に千夜は嘆息する。

「良いと思うぜ。確かにセンヤの見た目は、伝説の鬼みたいだからな」

バルディの言葉に、千夜がドキッとしたことは秘密である。

ギルドカードを更新した千夜達は、依頼を受けることなく早めに五帝鬼の祠に戻った。

◆　◆　◆

その後のギルドは大騒ぎとなった。

更新したギルドカードを返却するときに、千夜のランクが大声で叫ばれて、あっという間に有名人になってしまったのだ。

叫んだ張本人であるマキはというと——。

「まさか、あそこまで強いなんてね」

バルディの剣を一刀両断し、一瞬で勝利を掴み取った千夜。

(後からギルマスに聞いた話では、センヤさんは力の三割も出していなかったって言うけど……)

「ほんと、何者なんだろう？」

◆　◆　◆

昇格試験を終えて二週間が過ぎた。

今日も朝から千夜達は、依頼を受けて帝都から馬車で二日ほどのところにある廃墟《はいきょ》に向かう。

依頼内容は廃墟に巣食うリッチーの討伐である。

リッチーとは上位スケルトンメイジの亜種のような存在だ。

上位スケルトンメイジとの違いは、死体が魔素によりスケルトンになるのではなく、怨念《おんねん》など、己の意思で周りの魔素を急激に吸収して生まれた、という点だ。

無駄に知恵が働き、生前使っていた魔法だけでなく、魔物生成魔法も使える。そのため、依頼難易度がAランクと高めだ。

千夜であれば一瞬で倒せるだろうが、今回はミレーネとクロエが戦っている。その理由は、二人に実戦経験を積ませ、クランの総合力をアップさせるためだ。

（ふむ、順調だな）

千夜は二人の実力を見て、着実に成長していると判断した。

最初は危なげだったが、最近はそんなこともなくなってきた。情報収集を行い、作戦を立案し、相談し合い、わからなければ千夜に尋ねるなど、Ａランクとして必要な能力は備えつつある。

あと必要なのは、現場での臨機応変な対応力のみ。

いかなるときでもすぐに対応し、指示を出す力が必要なのだ。そのため、二人で交互に指揮官を任せ、経験を積ませている。

（経験に勝るものはなし、ってな）

リッチーのいる屋敷に到着したが、見た目は完全にお化け屋敷だった。

「不気味だな」

「こ、恐いです」

「わ、私は怖くないぞ」

こうしてリッチー討伐が開始された。

屋敷に入るといきなり火玉《ファイヤーボール》が飛んで来る。それを躱したミレーネは、クロエに指示を出しながら風刃《ウィンドカッター》で魔法陣を破壊する。

千夜は後ろで見学していた。もちろん罠があることにも気づいていたが、それは千夜のスキルのお陰で知り得たことであって、二人が自力で対処しなければどうしようもない。

魔法陣を破壊すると、大量のスケルトンとスケルトンメイジが床から出現し、向こう側が見えなくなる。

「クロエ、闇渦扉《ダークゲート》を展開して！」

「わかった！」

突如、スケルトン達の頭上に直径三十センチメートルほどの闇の渦が複数出現する。そしてそこから大量の石がスケルトン達に降り注《そそ》いだ。

よく見るとクロエの足元にもひとつの渦があり、そこに土魔法で作った石を次々に投げ入れている。派手さはなく、どちらかと言えば地味な攻撃だが、それで十分である。

討伐依頼は戦闘であり、殺しだ。そんなところで派手さや美しさを求めていたら死んでしまう。なので、敵の弱点を突き効率よく倒せと、千夜は教えてきた。そこには派手も地味もない。

（それに戦闘経験を積めば、いずれ戦い方も洗練されるからな）

そんなことを思いながら二人の戦闘を眺める。

頭上から降り注ぐ石によって、折れ、割れ、砕けるスケルトン達が次々と戦闘不能になっていく。

スケルトンには斬撃系の攻撃は効きにくい。その代わり、打撃系の攻撃がとても有効なのだ。

スケルトンとスケルトンメイジを倒した二人は、奥の部屋に向かう。

廊下の突き当たりのドアに向かい、クロエが火玉《ファイヤーボール》を放つ。

（先手必勝か）

ドアは爆散した。

煙が立ち上り、その中から古びたローブを纏う一体のリッチーが現れる。

ミレーネとクロエは戦闘態勢に入り、警戒する。

「ワレノ……ヤボウ……ヲ、ジャマ……スルモ……ノハ、ユル……サナ……イ」

嗄《しゃが》れた声。怒り狂っているらしく、朽《く》ち果てた体から魔力が漏れ出していた。

「シヌガ……イイ」

杖を突き出すと同時に、四つの炎槍《ファイヤーランス》がミレーネ達に襲い掛かる。

「水壁《ウォーターウォール》！」

しかしミレーネが水魔法を発動し、リッチーとの間に水の壁を作り出した。

炎槍《ファイヤーランス》は水壁に触れると同時に蒸発してしまう。

「クロエ！」

「任せろ！　溶岩弾丸《ラーヴァバレット》！」

クロエはバスケットボールほどの炎の塊を三つ、リッチー目掛けて放つ。

「ファイ、ヤー……ウォー……ル」

リッチーは火壁《ファイヤーウォール》を発動し防ごうとする。

しかし、クロエが放った炎の塊は火壁《ファイヤーウォール》を貫通して、リッチーに着弾すると同時に爆砕した。

炎玉《ファイヤーボール》は着弾と同時に爆風を起こすが、クロエが発動した溶岩弾丸《ラーヴァバレット》は爆風を起こさない。なぜなら、火属性と土属性の混合魔法だからだ。

つまり、炎塊ではなく溶岩塊だったという単純なトリックだ。質量のある溶岩弾は火壁《ファイヤーウォール》では防げない。

リッチーが死んだことにより火壁《ファイヤーウォール》が消える。

警戒しながら近づき確認すると、ソフトボール大の魔昌石《ましょうせき》が床に転がっていた。

ミレーネは、リッチーを討伐した証である魔昌石を手に取りポーチにしまう。

「どうやら終わりのようですね」

「そうみたいだ。あ〜、疲れた。早く帰ろう」

二人は討伐依頼を達成したことで安堵し、楽しそうに会話していた。

「ミレーネ、クロエ帰るぞ。宿に戻ったら反省会だ」

「「はい！」」

二人は千夜のあとを嬉しそうに追いかける。

リッチーは強力なマジックキャスター、つまり魔法の使い手である。そんなマジックキャスターを倒せる力を持つ二人は、それだけで強いと判断できる。

それでも二人は千夜との反省会が好きだ。二人はどこか子供のようであった。

馬車で帝都に戻ってきた千夜達は、ギルドに報告する前に腹ごしらえのために屋台で焼き鳥を数本買って食べ歩く。

二人が楽しそうに話しているのを、千夜は黙って聞いていた。

ギルドに到着し、討伐達成の報告を行う。

「はい、確かに。リッチーの討伐達成を確認しました。先ほどの魔昌石と合わせて合計46万Jになります。それとミレーネちゃんとクロエちゃんは今回の依頼達成によりAランクになります。おめでとうございます」

「ありがとうございます！」

「ありがとう！」

本来なら、Aランクに上がるには昇格試験を受ける必要があるが、先日の昇格試験で、実力はギルド側に知られていた。

そのため、後はAランクに必要な指揮力を身に付けるだけで良かった。

マキの言葉に喜ぶ二人を見て、微笑む千夜。

周りの冒険者達がどよめく。

千夜の力の前に霞《かす》みがちだが、この二人もたった一か月でAランクになった逸材なのだ。

そんなときである。

「た、大変だ！」

突如、一人の男が飛び込んできた。

「どうしました⁉」

マキが男に問う。

「アラスト山脈の麓《ふもと》に、こ、こ、黒龍が……出やがったっ！」

ギルド内に静寂が広がった。

しかし数秒ののち、一転してギルド内が混乱とざわめきで騒々《そうぞう》しくなる。

マキはすぐにギルドマスターであるバルディの許に向かう。

数分後、マキが戻ってくると叫んだ。

「緊急依頼です！　これより黒龍討伐を行います。今回の依頼金は金貨６００枚です。ただし、これは一人に対してではなく、参加した者で分配してもらいます。なお討伐に成功した場合、黒龍の部位も同じように分けるそうです。誰か受ける方はいませんか？」

マキは焦りながらも真剣な表情で冒険者達を見渡す。だが、誰もが俯いたり視線を逸らしたりしていた。

ミレーネとクロエの二人も恐がっている。それでも他の冒険者に比べれば、マキから視線を逸らさないだけすごいのかもしれなかった。

不安を募らせたマキが、入り口付近に視線を向ける。

そこには、欠伸《あくび》をしている千夜の姿があった。

「あのセンヤさん、この依頼を受けてもらえませんか？」

「別にいいが？」

平然と答える。まるで、買い物を頼まれたくらいの気軽さで。

マキは喜び、周りの冒険者達は目を見開き、ミレーネとクロエは不安の表情を浮かべる。

「本当ですか!?」

「ああ。その代わり条件がある」

「なんでしょうか？　流石にこれ以上依頼金を上げるのは無理だと思いますが？」

「違う。この依頼は俺一人でやらせてもらう。それが依頼を受ける条件だ」

「えっ！　さ、流石にそれは……」

「「私も！」」

「駄目だ。二人には帝都に残ってもらう」

「しかしですね！」

「そうだ！　主殿に何かあったら！」

「安心しろ。俺は必ず帰ってくる。お前達がこの帝都で待っていてくれるだけで、俺は安心して黒龍討伐に向かえる」

「………………」

それでも納得できないのか、二人の表情は変わらない。

「なら、こうしよう。帰ってきたらなんでもひとつだけお前達の願いを叶えてやる。これでどうだ？」

「……わかりました」

「……わかった」

二人は俯きながら了承した。

「ありがとう」

千夜は微笑みながら二人の頭を撫でる。

「他の冒険者達もわかったな？　今回の依頼金額は大きい。だがお前達はさっきマキの依頼を断った。俺の後ろに隠れて、甘い汁だけ吸おうなんて考えるなよ」

冒険者の何人かが、苦虫を噛み潰したような表情になる。

「それじゃマキ。討伐依頼の手続きをしてくれ」

「わかりました」

千夜のギルドカードに、『緊急依頼・黒龍討伐』という文字が記入された。

「それじゃ行って来る」

そう言い残して、千夜はギルドを後にした。


途中の村までギルドが用意した馬車で向かい、そこからは徒歩でアラスト山脈の麓を目指した。

普通の人間なら徒歩で丸一日は掛かるところだが、千夜なら半日もしないうちに到着できる。

ただ千夜は、川で野宿の準備を始めた。

「さてと、明日のために腹ごしらえでもしとくか」

なんとも呑気《のんき》な独り言だ。

千夜は鼻歌まじりに肉を焼き、鍋をかき混ぜる。

ごろごろと入っている大きな具材。まさに男の料理である。そして、どう見ても量が多い。

「やっぱこういった日には歯応えのある料理だな。ま、量は多いが、アイテムボックスに入れておけばいくらでも持つだろ」

なんともお気楽な独り言だ。それでも千夜は楽しそうに料理を続ける。

料理が完成すると、おいしく腹に収めた。そして、【危機察知】スキルを発動して仮眠を取る。

寝るには少し早いが、長距離移動で疲れた体を休めることは重要だ。

真夜中になれば夜行性の魔物達が動き出す。ましてや、千夜がいる場所はアラスト山脈までそれほど遠くない。そのため、黒龍を恐れて逃げてきた魔物達と出くわす可能性もあるのだ。

大きな岩にもたれかかり鬼椿を抱えながら目を瞑《つむ》る。そうすると聴覚が鋭くなり、今まで聞こえていなかった音が鮮明に聞こえてきた。

焚《た》き火の弾ける音、川の流れる音、木々の揺れる音、多種多様な音が聞こえてくるが、仮眠の妨《さまた》げになることはなく、逆に気分が楽になっていくのを感じながら千夜は意識を闇に沈めた。

◆　◆　◆

明けて早朝。

消えていた焚き火に火をつけ、アイテムボックスから鍋を出して温め直す。

二食続けて同じ料理だが、飽きることのない千夜は腹いっぱい朝食を口にした。

朝食を終え川の水で焚き火を消すと、アラスト山脈を見つめる。

千夜は高揚し、不敵な笑みを浮かべていた。

「待っていろ黒龍。今すぐに狩りに行くからな」

狩猟者はそこにいるであろう見えない獲物に対し、死刑宣告を呟く。

森の中を歩いていく。

既に朝の九時を過ぎているにもかかわらず、森の中は薄暗い。

しかし気にすることなく、討伐対象である黒龍がいるアラスト山脈を目指して進む。

それから一時間くらい経過し、ようやく薄暗い森を抜けた千夜は、思わず日光の明るさに目を細めて手をかざす。

「早く帰らないと、ミレーネ達が怒るだろうな」

ミレーネ達の怒り顔……もとい拗《す》ねた表情を思い浮かべ、千夜の顔に笑みが溢れる。

「さて、始めるとするか」

千夜はアラスト山脈を見つめ、膨大な殺気を放った。

すると魔物が逃げ出し、鳥も飛び立つ。地震の前触れのような光景だ。

そして、今回の討伐対象が飛び立ち、千夜の目の前で着地する。黒龍の大きさは全長二十メートルはあった。

「グルルルルルルゥウウウウ」

「俺が喧嘩を売ったことには気づいたようだが、喋《しゃべ》れないということは、中級といったところか」

龍はこの世界において最強の存在だ。だがその中にも、下級、中級、上級とランクがあり、さらにその上に古代龍や龍神、龍王などがいる。

すべての龍に知能はあるが、喋れるのは上級以上の一部のみ。そして中級龍を倒すには、Aランクパーティが六つ以上必要とされている。

不敵な笑みを浮かべる鬼と、怒りを露《あら》わにする黒龍の殺し合いが、今、始まろうとしていた。

「さあ、楽しい死合《しあ》いを始めようか」

相手を挑発するように呟きながら、腰に携えていた刀、鬼椿を抜く。まずはもっとも弱い武器で小手調べしようというのだ。

「グゥアアアアアアアァァァァアアアアア！！！」

黒龍による怒りの咆哮《ほうこう》が大気を震わせる。

だが千夜にとっては、単に戦闘開始の合図にすぎなかった。

「いくぞ」

千夜は黒龍の間合いに入り込み、前足に斬りかかろうとするが、黒龍が尻尾を使い攻撃してきた。

すぐさま鬼椿で受け止めたものの、後方に吹き飛ばされてしまう。

地面に着地した千夜は思わず舌打ちした。

(思った以上には厄介《やっかい》だな。仕方ないか)

千夜は黒龍に【超解析】を使った。

黒龍
レベル96
HP4762000
MP2706000
STR3260000
VIT2830000
DEX94000
AGI1850000
INT67000

LUC150
【スキル】
龍の威圧レベル62、咆哮レベル63、聞き察知レベル42、魔力操作レベル25、状態異常耐性レベル52、HP自動回復レベル38、MP自動回復レベル26、魔術耐性レベル37、火属性耐性レベル68、水属性耐性レベル49、風属性耐性レベル42、土属性耐性レベル39、闇属性耐性レベル62
【属性】
火、風、闇

「若いな」

千夜が思ったことを口にする。この黒龍はまだ若い。人間年齢で十六、十七歳と言ったところだ。

「群れからはぐれたか、飛び出してきたと考えるべきだな」

ランクが上がるほど龍は個体で行動するようになるが、下級や中級の龍は集団で行動する。

千夜はどちらかなのかと考えていたが、黒龍の目を見た瞬間に気づいた。

「後者だな」

この黒龍は、自らが最強だと信じ飛び出してきたのだ。

「なら、世界の厳しさを教えてやる必要があるな」

千夜は口を弧の形に歪めると、黒龍めがけて駆ける。

黒龍はそんな千夜を見て笑った。互いに笑っているが、その笑みの意味は違っていた。

黒龍は相手を馬鹿にして嘲笑《あざわら》い、千夜は高揚して笑っていたのだ。

そんな愚龍と狂鬼の戦いが再び始まった。

まず仕掛けたのは千夜だった。先ほどと同じように相手を斬りつける。

黒龍も同じように尻尾で突くように攻撃する。

千夜は楽々と黒龍の攻撃を躱し、そのまま右前足を鬼椿で斬り裂く。

「グゥオアアアアアアアアアアアアアアアアアアアアアアアアアアア！！！」

黒龍は絶叫する。

「この程度で叫ぶな。耳障《みみざわ》りだ」

千夜は冷徹に呟きながら黒龍に攻撃を続ける。

(やはり若いな。あの程度の攻撃で傷つくとは、己の才能を過信した馬鹿といったところか)

攻撃しながら少し落胆する千夜。もっと楽しい戦闘ができると思っていたのだ。しかし蓋《ふた》を開けてみれば、己の才能を過信した馬鹿な龍でしかなかった。

千夜は冷たい目で呟く。

「もういい、つまらん。お前は死ね」

あまりにも冷酷な呟きに、黒龍は本能的に理解した。この相手は危険だと。

黒龍はこの場から逃げるべく暴れ始める。千夜には駄々をこねる子供にしか見えなかった。

千夜が黒龍から離れると、黒龍は隙を見逃さず、千夜に向けてブレスを放った。

「グガアアアアァァァァァァァ！！！！」

千夜の立つ場所は火の海と化した。黒龍はすぐにその場から飛び立つ――。

斬!!

――ことはできなかった。

「グゥアアアアアアアアアアアアアアアアアアァァァァァァァァァァ！！！！！！！」

この日一番の絶叫。

それも当然だろう。気がつけば右翼に激痛が走ったのだから。

黒龍が視線を激痛のする場所に向けると、右翼が根元から切断されてなくなっていた。

「これはいただいていくぞ」

黒龍が声のする方へ視線を向けると、黒鱗の付いた翼が片手で持ち上げられている。

その瞬間、黒龍は気づいた。

自分の命運は尽きたと。目の前に立つ鬼には勝てないと思い知らされた。

「――最期は潔《いさぎよ》いな」

黒龍は目を瞑る。

「生まれ変われたならば、己の才能を過信せずに鍛練することだ」

鮮血と共に黒龍の首が宙を舞った。

こうして黒龍と千夜の戦いは、千夜の一方的な勝利で幕を閉じた。


簡単に黒龍討伐を終えた千夜だが、その後、深く悩んでいた。

「どうやって持って帰ろう？」

そう、千夜は今、目の前にある巨大な死骸《しがい》をどう持って帰るか、思案している真っ最中だった。

アイテムボックスに収納することはできる。だが、街中で取り出せば間違いなくパニックになる。

だからといって、街の外で出せば通行の邪魔になり、後の運搬が面倒になる。

しばらく考えていると、運よく助け舟が現れた。

「どうかしたのか？」

後ろから声をかけられる。もちろん千夜は気づいていたが、相手に敵意が無いとわかっていたため、あえて放っておいたのだ。

「ああ。どうやってこいつを持って帰ろうか、迷っていたところだ」

「こ、これは黒龍！　派手な音が聞こえたので見に来たら……まさかそいつを一人で倒したのか？」

「ああ」

「おいおいマジかよ。あんた名前は？」

「俺は千夜だ。つい最近ＳＳランクになったばかりの冒険者だ」

「そうか。おっと忘れてた。俺はパルケ。パルケ・マルシャンだ。レイーゼ帝国帝都ニューザにある、リッチネス商会本部の副店長をしている。大量の木材を隣の都市パルサに届けた帰りなんだ。仲間も近くにいる」

見た感じ、パルケは獣人族のなかの犬人族のようだ。

「ふむ、そうか。なら俺と取引しないか？」

千夜がひとつの提案をする。

「取引？」

「ああ。俺にはこいつを運ぶ手段がない。そこであんたに、こいつを帝都まで持って行ってもらいたい。その代わり俺が帝都までの護衛を引き受ける。もちろん護衛代は無しで構わない。どうだ？」

「なるほどな……それならその黒龍は我が商会が買う。その代わり、買取額を五割ほど安くしてくれないか？」

「一割だ」

「四割」

「二割」

「三割」

「二・二割」

「二・五割」

「……ま、いいだろう」

千夜はそう言って頷いた。

「よし、護衛代は本当に払わないからな」

「ああ、別に構わない」

「なら交渉成立だな」

こうしてどうにか黒龍を運ぶ足を手に入れた千夜は、パルケと共に帝都に向かうことになった。

木材を積んでいた巨大な荷馬車に、黒龍を載せて運ぶ。

荷馬車といっても、牽《ひ》いているのはただの馬ではなく、使役《しえき》している魔物だ。

魔物の名前はペルセ・ホースで、通常の馬の二〜三倍の体躯を持つ。

ペルセ・ホース八頭によって牽かれている荷馬車の横を、千夜は速度を合わせて歩き始めた。


その夜、千夜はパルケ達リッチネス商会の人々と野宿をしていた。

千夜一人なら余裕で帝都に着いていたはずだが、この大荷物があってはそうもいかない。

(ま、たまにはこういうのも悪くはない)

目の前で焚き火を眺めながら、エールを喉に流し込む。

(戦ったあとの酒はうまいな)

「それで、センヤさんはこれまでどのような魔物と戦ってきたんですか?」

この場には他にも冒険者達がいるが、黒龍を一人で討伐できるほどの実力の持つ千夜の話の方が、酒の肴《さかな》になるというものだ。

しかも他の冒険者までが、商会の人間同様、目を輝かせながら千夜を見つめていた。

「別に大したことはしていない。帝都に来てからはまだ、オーガとゴブリンの混合軍を、全部で千体近く倒しただけだ」

「おおぉ!!」

感嘆の声が漏れる。千夜にとっては大したことでなくても、普通の冒険者や商人にとってはすごいことなのだ。

「他にはどういった魔物と戦ったことがあるのですか?」

「そうだな……」

千夜はゲームでやったクエストの内容を思い浮かべていた。

(エレメントテイルやギガント・クロコダイル、あと、他には……)

「モンゴリアン・デス・ワームとかいたな」

「…………」

全員が言葉を失う。

「お、おいセンヤ。う、嘘だよな。大陸を滅ぼす力があるとまで言われる、ランク測定不可のモンスターを一人で倒したのか?」

「そんなわけないだろう」

「だ、だよな」

全員が胸を撫で下ろした。しかし千夜はすぐにその安心を破壊する。

「仲間と一緒にだ」

「…………」

再びパルケ達は言葉を失った。

「一応聞くが、いったい何人で倒したんだ？　二十人か？　三十人か？」

「いや、俺を入れて五人だ」

「…………」

普通なら嘘をついていると考えるところだが、黒龍を一人で倒した千夜の言葉には真実味がある。

嘘だと決めつけられないパルケ達であった。

食事が終わると商人達はテントで眠りに就き、冒険者が交代で見張りに就く。

もちろん千夜も見張りを引き受けた。

◆　◆　◆

夜が明けると、軽く朝食を取り、帝都に向けて出発した。

夕方になってようやく帝都に到着したが、平穏に中に入ることは不可能だった。

(ま、わかっていたことだがな)

ほんの少しだけ期待していた千夜であったが、当然のように注目を浴びてしまう。

「これが黒龍の買取証だ。流石に一括では払いきれないからな。悪いが数回に分けて払わせてもらうぞ」

「ああ、構わない……それとパルケ」

「どうした？」

「今度家を買おうと思っているんだがな。良い物件がないか調べてくれないか？」

「そういったことなら、喜んで我がリッチネス商会がお引き受けいたします」

パルケは千夜の言葉を聞き、すぐさま商人の頭にスイッチを切り替える。

「そうか。それは助かる」

「どのような家がよろしいですかな？」

「そうだな。帝都内で、広い家ならばどこでもいい。大通りから遠くても構わない」

「畏まりました。調べておきます」

「助かる。それじゃ、行ってくる」

こうしてパルケに黒龍を任せると、千夜は討伐完了の報告のためギルドに向かった。

「あ、センヤさん！」

受付カウンターから飛び出したマキが、急いで千夜の許に駆けてくる。

「なんだ、マキか」

「む！　最初が私で、すみませんでしたね！」

「いや、別に傷つけるつもりは無かったんだがな。気に障ったなら悪かった」

「冗談です。それよりも既に噂《うわさ》がここまで届いてますよ。黒龍討伐お疲れさまでした」

「別に命に関わる依頼でも無かったがな」

「そんなこと言えるのはセンヤさんだけですよ」

マキは呆れたのか嘆息した。

「それよりも――」

「あ、お金ですね。既に用意できてますよ」

「いや、そうでは無くてだな。ミレーネ達は？」

「ミレーネちゃん達なら……」

マキが千夜の後ろを指差す。

「ご主人様……」

「主殿……」

二人は涙目で千夜を見つめていた。

「ミレーネ、クロエ、ただいま。今戻ったぞ」

笑みを浮かべる千夜の胸の中に、二人が飛び込んでいく。

「すまない。帰りが遅くなってしまった」

「いえ、無事に戻ってきてくださっただけで結構です！」

ミレーネが泣きながら返答する。涙を流しながらも、二人の顔には笑みが浮かんでいた。

「それじゃ、宿屋に戻るぞ」

「「はい！」」

いまだ涙が頬を伝う顔に満開の桜が咲く。

「——その前に、ギルドカードの更新をお願いします」

「そ、そうだったな」

空気を読めと怒るべきか、仕事熱心と褒《ほ》めるべきか。

千夜は文句を言うことなくギルドカードを更新し、金貨６００枚を受け取った。

その後、パルケから黒龍の買取価格の一部を受け取り、宿屋に戻った千夜達は、対面する形でベッドに座っていた。

「それで、約束を守ったお前達は俺に何を願うんだ？」

「私達を抱いて欲しいです！」

「私達を抱いてくれ！」

「……良いのか？」

「はい！」

「無論だ！」

女の決意に問い返すなど無粋《ぶすい》の極みだが、それでも千夜は問い返さずにはいられなかった。だが結局、二人の強い意思は変わることはなかった。

「わかった。お前達の願いを叶えよう。それが今、俺のやるべきことだからな」

負けた、と言わんばかりに呟く。

そして、ミレーネ達とベットの中へ共に消えていくのだった。

◆　◆　◆

同時刻、レイーゼ帝国王宮の一室にて、皇帝ベイベルグが軍務総監からの報告を聞いていた。

「やはり、間違いなかったか？」

「間違いありません陛下。迷いの森付近で吸血鬼が確認されました」

「むぅ……そうか」

うなり声を漏らす皇帝は、受け取った報告書に目を通す。

「確認されただけでも三体か……由々《ゆゆ》しき事態だ」

「その通りです陛下。今すぐにでも討伐部隊を編成して向かうべきかと」

「だが、魔族との戦争が一時的に中断しているとはいえ、停戦協定を結んだわけではない。そのことを考えると、無駄に兵を消耗させるのは得策ではない」

「しかしこのままでは！」

「わかっている！」

焦燥感に駆り立てられた軍務総監は皇帝を急《せ》かす。

「それに、隣国であるファブリーゼ皇国、スレッド法国が攻めてこんとも限らないからな」

「魔族との戦争が終わっていないにもかかわらず、襲ってくるなど愚策です。流石にそのようなことはないかと」

「確かにファブリーゼ皇国は仕掛けてこないだろうが、スレッド法国はわからぬ。あの国の上層部の連中は、我が国を目の仇《かたき》にしているからな」

「そうですが、そこまで愚かではないかと。それにスレッド法国は我が帝国と同じで、魔族から最初に侵攻される恐れのある国。我が帝国に侵攻してくる可能性は低いでしょう」

「ふむ……やはり今は吸血鬼討伐が最優先事項か」

「その通りかと」

「だが今兵を出すのは、やはり今後のことを考えると大きな痛手だ。まだ敵の数も不確定だというのに」

「なら、冒険者依頼を出しては如何でしょう」

「冒険者だと？　だが吸血鬼を、それも十体はいると想定して、討伐できる者がいるのか？」

「心当たりが一人だけあります」

軍務総監の言葉に、皇帝は書類から視線を上げた。

「なに、それは真か？」

「はい。先日アラスト山脈の麓に出現した黒龍をたった一人で討伐した者がいます。今日の昼過ぎに、その黒龍が帝都に運ばれるのを部下が確認しております」

「その話なら儂も聞いたが、真実味の無い噂ばかりだった。本当なのか？」

「はい。部下に調べさせましたので」

「で、何者なのだ？」

「はい。約一か月前に帝都に来たばかりの混合種で、名前はセンヤ。火の国特有の服装と武器を所持しているとのこと。その実力は凄まじく、ギルドに登録したその日にBランクとなり、それから二週間後の昇格試験で『剛剣』と謳《うた》われたバルディ殿に圧勝し、SSランクに認定されたほどの逸材です」

「さすがに信じられん」

「最初は疑う者も多かったらしいですが、今日黒龍を討伐して帰ってきたことから、その実力は本物に間違いないかと」

「ふむ……」

軍務総監の報告に皇帝は考え込む。

自分の目で見たわけではないため、どうしても信憑性《しんぴょうせい》に欠ける。

しかし目の前に立つ軍務総監は信頼できる数少ない人物。ここでその提案を切り捨てるということは、信頼していないのと同義でもあった。

「その冒険者についてもっと詳しく調べるのだ。それと同時進行で吸血鬼の動向も調査を続けろ。情報が確かだと判明した場合は即座に行動を開始する」

「はっ！」

機械のように無駄のない動きで四十五度のお辞儀をした軍務総監が、部屋から退室する。

軍務総監が部屋から出て行ったのを確認した皇帝は、背もたれに体重を預けた。

「吸血鬼騒動に合わせて、突如現れたSSランク冒険者……これはこの帝国で何かが起こる前触れなのかもしれぬな」

見慣れた天井を見上げ、己が呟いた言葉に思わず笑みが零《こぼ》れそうになる。

「まったく一国の皇帝がロマンチストとは、家臣達に示しがつかんではないか」

そう呟くと、皇帝は頭を切り替え政務の続きを始めた。

◆
◆
◆

昇格試験が終わってから約一か月。

クラン『月夜の酒鬼』は驚異のスピードで依頼をこなしていった。

千夜にしかできない依頼があったときは別行動で依頼をこなし、着々と連続達成記録と金を増やし続けた。

毎日のように依頼をこなすうちに、いつの間にか一生暮らせるだけの金を稼いでしまった。

それでも毎日のように依頼を受けているのは、ミレーネとクロエを強くするため。決して英雄や金持ちになることが目的ではないのだ。

しかし、それが結果的にクラン『月夜の酒鬼』を有名にしてしまっていた。

有名人となった三人には、それぞれ『漆黒《しっこく》の鬼夜叉《おにやしゃ》』『翠穹《すいきゅう》の妖精《ようせい》』『闇夜《やみよ》の麗人《れいじん》』という二つ名が与えられた。

この世界での二つ名は勝手に付けられるものではなく、ギルドがそれに相応《ふさわ》しいと思う者にのみ与える称号のようなものだ。

つまり、ギルドに信頼された証拠であり、尚且つ他の組織には渡さない、という宣言でもある。

特に千夜の噂は絶えない。

最近では、アラスト山脈にてSSランクに認定されている中位の黒龍を一人で討伐した件が有名だった。これだけでもSSSランクになる資格はあるだろう。

しかし千夜は、「ミレーネとクロエがSランクになるまでは、俺もSSSランクにならない」とギルドで宣言しているので、ギルドマスターであるバルディも何も言えない状態だ。

ただただ、ミレーネとクロエに早く強くなってくれと願うばかりだった。


有名になったそんな千夜達は、とある場所に向かって宿を出た。右にミレーネ、左にクロエと腕を軽く組んで目的地に向かう。

「さて、今日は待ち望んだものを買いにいくぞ」

（……主に俺が）

千夜の台詞に、ミレーネ達が首を傾げた。

「ご主人様、何を買いに行かれるのですか？」

「私も気になるぞ、主殿」

「ま、それは着いてからのお楽しみだ」

そうして歩くこと十数分。

三人は大きな三階建ての建物の前にいた。入り口には『リッチネス商会』と書かれている。

「ここなのですか？」

「さて、入るぞ」

店の中に入ると、沢山の人で賑わっていた。

入った瞬間に人々の視線が集まり、それぞれ驚いた表情で話し出した。

「おい、月夜の酒鬼だ」

「どうして商会に？」

「噂じゃ、あいつらに護衛してもらった商会は、予定より早く目的地に到着するらしいぜ」

周りの不躾《ぶしつけ》な視線を気にすることなく、千夜は一直線に受付に向かう。

「い、いい、いらっしゃいませ！　き、きょ、今日はどういった、ご用件でしょうか？」

有名人の登場で緊張しているのか、受付嬢は頬を赤くして尋ねてきた。

「いやなに、前にこの商会の護衛依頼を受けたときに、知り合いが出来てな。そいつに会いに来たんだ」

「わ、わかりました。それでは、その者の名前を教えていただけますか？」

「ああ、パルケだ。パルケ・マルシャン」

「副店長ですか⁉」

そう、パルケはこのリッチネス商会本店の副店長なのだ。

「ああ。すまないが呼んでもらえるか？」

「は、はい！　少々お待ちください！」

普通なら、初めて来店した客に頼まれても副店長を呼ぶことはない。しかし千夜の武勇伝を知っているらしい受付嬢は、なんの躊躇《ためら》いも無くパルケを呼びに行った。

「これはこれはセンヤ殿、久しいですな！」

パルケは嬉しそうに握手を求めてきた。

「やめてくれ、前みたいに頼む」

「あははは！　そうか。ならセンヤ、今日はどうしたんだ？」

「ああ、今日は前に話した物を買いに来た」

そう言うと、パルケはすぐに理解したのか笑顔で答えた。

「そうか！　ならすぐに始めよう。こっちに来てくれ」

千夜達は応接室に向かった。

応接室で待たされること数分、分厚い書類の束を持ってパルケが戻ってきた。

「すまない、待たせてしまった」

「いや、別に構わない。それじゃまず、俺の仲間を紹介しよう。ミレーネとクロエだ」

千夜の右に座るミレーネが会釈《えしゃく》する。

「エルフのミレーネです」

続いて千夜の左に座るクロエが挨拶をした。

「ダークエルフのクロエだ」

「ミレーネさんとクロエさんだな。俺はパルケ。このリッチネス商会本店で副店長をしている」

軽く挨拶を交わした後、本題に移った。

「さてと、これが商会のお薦《すす》めで、センヤが要望した内容に当てはまるやつだ」

書類を手に取り見ていく。それをミレーネとクロエは覗き込んでくる。

「これは不動産の書類ですね」

「そうだ。前にセンヤに護衛してもらったときに、家を買いたいって聞いたから、調べておいたのさ。ま、こんなに早く来るとは思ってなかったがな。流石はSSS冒険者だ」

「おいおい、商会の副店長が嘘の情報に騙されるなよ。俺はまだSSSランクだ」

「なに言ってやがる、知ってるぜ。SSSランクになれるのに、この二人が成長するまでは昇格を断っているって。それって実力はSSSランクってことだろ？」

「ったく」

千夜が苦笑いを浮かべてファイルを眺めていると、ひとつの物件が目に留まった。詳細を読んでみても、申し分ない条件だった。

「パルケ、これにする」

一枚の書類をパルケに渡す。

「どれどれ……これか？　確かに土地は千六百平方メートルもあるが、ギルドから遠い町外れだぜ。買い物に行くにも一苦労だぞ？　それに、この家はほとんど壊れているから、建て直さないと駄目だ」

「元々造り直すつもりだったから問題ない。それに、周囲に人が少ない方が静かで良いだろ？」

「それなら良いが」

「この物件はいくらだ？」

千夜の問いにパルケは腕を組んだ。

「そうだな。土地は広いが立地が悪く、建物の価値がないことと……これからお得意様になるだろうことを考えて、金貨８６０枚だな」

「随分と安いな」

土地の広さを考えると、金貨１０００枚はしてもおかしくない。

「お得意様だからな」

「リッチネス商会がいつも満足のいく店だというのは本当のようだな。買わせてもらおうか」

この変な会話をわかりやすくすると……。

『普通、初めての客にここまではしないぜ。これからも、うちの店を利用してくれることを期待しているぞ？』

『わかった』

……こういうことになる。

「ご購入ありがとうございます。それではこちらにサインをお願いします」

「わかった。それで悪いんだが、別の注文をしていいか？」

千夜はサインをしながら聞く。

「別に構わないが、なんだ？」

千夜は一枚のメモ用紙をパルケに手渡した。

「そこに書いてある物が在庫にあるか確かめてくれ。それと材木等は一番質の良いもので頼む」

センヤの要望に、パルケが額から冷や汗を流す。

「おいおい、これで何を作る気だ？」

「家だよ」

「は？　これでか！　いったいどうやって？」

「それは秘密だ。知りたかったら完成後、見にくるといい」

「ああ、そうさせてもらうよ」

一旦席を外したパルケは、在庫を確認して戻ってきた。

「確認してきたが、種類も量もギリギリ大丈夫だ。だが、かわら？　ってやつだけは無かったな」

「そうかやはり無いか。ま、仕方ないな。それは俺が作るとしよう。それでいくらだ？」

「そうだな……全部で金貨１８００枚だな。白金貨はあるのか？」

「いや、無い。金貨で頼む」

「わかった」

その値段にミレーネとクロエは驚きを隠せずにいた。

土地の倍以上の値段なのだ。いったいどんな材料を買えばそんな値段になるのか。

「あ、あの、いったいどんな材料を買われたのですか？」

「これだ」

パルケからメモ用紙を受け取ったミレーネは、内容を見て驚愕した。

「なっ！　マツの樹に、白銀狼の毛皮、黒剛石、白雪石、緑蒼の藁《わら》。その他の素材も最高級の物ばかりじゃないですか！」

「そうだが？」

「いったいこれで何を作る気ですか!?」

「家だと言っただろう？」

呆れたような返答に、ミレーネは何も言えなくなる。

パルケも苦笑いを浮かべるしかなかった。

「それじゃパルケ、材料の手配を頼んだぞ」

「ああ、すぐに持っていく」

そのあと千夜は、合計金貨２６６０枚を一括で支払った。

「俺は少しやることがあるから、その後で現地に向かう」

そう言って千夜達は店を出た。

そんな三人の後ろ姿を眺めながらパルケは呟いた。

「ほんと、どんな家が建つのやら……ま、楽しみにしてるぜ」

買った土地を見に行く前にギルドに寄った千夜は、受付嬢のマキと話していた。

「今日はどのようなご用ですか、センヤ様」

「マキ、頼むから『様』はやめてくれと言っただろ」

「冗談です。それで、どのような依頼を受けるんですか？」

「いや、今日と明日は依頼は受けない。休みにした」

「確かにセンヤさん達なら、無駄遣いしなければ、もう一生食べていけますもんね」

マキは何処か羨ましそうな表情をしていた。

ギルドの給料は悪くなく、どちらかと言えばいい方だ。それでも千夜の稼いだ金額とは天と地の差がある。

「いや、もうほとんど金はなくなった。今日明日の金に困るほどではないが」

その場の空気が凍りついた。

「う、嘘ですよね？」

「嘘なんかついてなんの得がある？」

「えっと何を買ったんですか」

「家」

「いったい、いくらしたんですか？」

恐る恐る、マキは尋ねる。周りの者達も生唾を呑み込んで答えを待つ。

「金貨860枚だ」

「…………」

沈黙が生じる。

「あ、あのそんな高価な家は、何処の商会で買ったんですか？」

「リッチネス商会だが？」

「あ、あのリッチネス商会ですか⁉」

マキが身を乗り出して聞き直した。

「ほ、他にあるのか？」

「リッチネス商会はですね。上級貴族や王族が行かれるお店ですよ。私達や冒険者は、リッチネス商会で買い物ができるだけで嬉しいことなんですよ！」

「そ、そうだったのか。初めて行ったから知らなかった。確かに派手な服装をした者が多いとは思ったが」

「まったく変な所で鈍いですね、センヤさんは」

マキの言葉に、その場にいた全員——正確には千夜以外が頷いた。

「なんか酷くないか？」

「そんなことありません。それで、誰が相手をしてくれたんですか？」

「相手とは？」

「店員ですよ。接客してくれる店員によって、客の格が決まるんです。ま、これは客である私達が勝手に思っていることなんですが。それで、誰だったんですか？」

「パルケだが？」

「…………」

再びの沈黙である。

「ん？　どうした？」

「あ、あの、パルケって、あのパルケ・マルシャンさんですか？」

俯いてプルプルと震えながら聞くマキ。

「他にいるのか、パルケって名の副店長が？」

「な、なんで初めて行ったセンヤさんが、副店長に接客してもらえるんですか！」

「いや、そんなの俺に聞かれてもな。黒龍を倒しに行った帰りにパルケに会って、話していたら仲良くなって……店に来たら自分を呼び出せって言われたから、呼んだだけだが？」

「よくわかりました」

「そ、そうか。それは良かった」

「はい。センヤさんが異常なことが」

「やっぱり酷くないか？」

「酷くありません。パルケさんの人を見る目は厳しくて、少し話しただけで気に入られた人なんてほかにいません」

ため息をついたマキはふと、疑問に思ったことを聞くことにした。それが、これまでで一番長い沈黙を引き起こすことになるとは知らず。

「金貨860枚を支払ったとしても、センヤさんが稼いだお金ならまだありますよね。どうしてほとんどが無くなるようなことになったんですか？」

「ん？　あ、ああ。家つきの土地は買ったが、家は建て直そうと思ってな。欲しい材料を注文したら金が底を突いた」

「い、いったい、いくらしたんですか？」

「確か、金貨1800枚だな」

「…………………」

無音世界である。

いち早く我に返ったマキが尋ねる。

「それは、建ててもらうときの人件費とか、すべて込みですよね？」

「いや、建てるのは自分達でするから、材料費だけだ」

「いったい、どんな材料を買ったんですか？」

「全部は覚えていないが、マツの樹と黒剛石を買ったのは確かだな」

この場にいる全員が、もはや驚きを通り越して呆れていた。

「それで、今日来た理由は？」

やや冷たい口調になっているマキ。

「いや、家が完成したら知人達を呼んで宴《うたげ》でもしようかと思ってな。マキと、あとついでにバルディを誘いに来た」

「あ、それはありがとうございます。それで、いつ頃完成予定ですか？」

「まだわからないが、二、三日だな」

「そ、それはどうやっても無理なのでは？　でもきっと、センヤさんは規格外ですからできちゃうんでしょうね……」

「なんか腑《ふ》に落ちないが、ま、誘ったから。宴の前日にもう一度誘いにくる。ついでにバルディにも伝えておいてくれ」

そう言い残して、千夜達はギルドを出た。

その際、ミレーネとクロエとマキが会話していたことに、千夜は気づいていない。

「あなた達も大変ね」

「慣れましたから」

「慣れたからな」

三人は苦笑しながら別れた。

十数分後、買った土地に着くとそこは――。

「廃墟《はいきょ》だな」

あまりにも悲惨《ひさん》過ぎた。

屋敷（？）は傾いており、いつ崩壊してもおかしくない。その周りの庭も雑草が育ちすぎて、地面が見えないほどだ。

(庭に訓練所と馬小屋も建てるつもりだったが、その前にやることがありそうだな)

ため息が漏れる。

「さてと、まずはこの雑草をなんとかしないとな」

(手段はいくつかあるんだが……聞いてみるか)

「ミレーネ。この国には、スケルトンや魔物を使役してる奴らっているのか？」

「確かにそういった魔法はありますが、違法なのでいないと思います。いたとしても、闇ギルドに所属しているんじゃないでしょうか」

(やはり認められてはいないか。ま、使用して捕まりそうになったら魔国にでも亡命すればいい)

そのときだった。

「よ、センヤ。持ってきたぞ」

振り向くと、十台以上の大型馬車を連れてパルケがやってきた。

「早かったな」

「ま、お得意様だからな。それにしても酷いな。久々に来たが」

「おい！」

流石の千夜も突っ込む。

「ま、謝礼として送料はタダにしてやるよ」

半眼で睨んだが、ため息をついていつもの表情に戻る。

「それで、この無駄に伸びた雑草はどうするんだよ？」

「ま、見てな」

千夜は己の土地と対峙し、指を鳴らす。

次の瞬間、突如雑草が燃え出した。

「おいおい、火事を起こす気かよ！」

「よく見ろ」

「ん？」

パルケが集中して見ていると、あることに気づく。

「熱くねぇ。これだけ火に近いのに、熱くねぇ」

パルケと燃える土地との距離は二メートルほどしかないのに、少しも熱くないことに驚きを隠せない。よく見ると、立ち上る炎と煙はそのまま真上に向かっていた。

「おい、これって……」

「ああ。この土地を風魔法で囲んである。決して周りに燃え移ることはない」

「マジかよ」

呆然とパルケは眺めていた。

「さて、終わらせるか」

千夜が呟いた瞬間、屋敷が強力な炎の渦に呑み込まれて、炎ごと消滅した。

あとには少し黒くなった地面が広がっているだけで、建物は跡形もなく消え去っており、サッカーが余裕でできるくらいの空《あ》き地に変貌していた。

その光景にパルケとその部下達は驚きを隠せず、呆然と立ち尽くしている。

「それじゃ、材料を空き地に置いてくれ。なるべく右奥から置いてもらえると助かる」

「あ、ああ……わかった。おい、お前ら、運び込め！」

「はい！」

大量の建築材が、それから三十分かけて運び込まれる。

「それじゃ、俺達は商会に戻るぜ。家ができたら見せてくれ」

「ああ。完成したら宴を開くから来てくれ」

「なら、うまい酒を用意しとかねぇとな」

パルケはそう言って商会へと戻っていった。

「さてと。それじゃ、ミレーネ、クロエ」

「「はい」」

「二人はもう宿に帰って寝ろ。Sランクになってもらわんといかんから、明日はギルドで依頼をこなしてこい」

「そ、そんな、手伝います！」

「そうだ！　私達も住む家なんだから、何か手伝わせて欲しい」

二人は迫り寄り懇願する。

流石の千夜も一瞬混乱したがすぐに平然とし、意地悪なことを口にする。

「あれ、お前ら自分の故郷に帰って暮らしたくないのか？」

その言葉に俯く二人だが、すぐに決意した表情で宣言した。

「私はご主人様と一生添い遂げたいです！」

「私は主殿と一生添い遂げたい！」

「お、おう……わかった。でも、もしかしたら、これからも妻が増えるかもしれないぞ。それでも、結婚するか？」

「はい！」

「無論だ！」

その言葉が嬉しく千夜の心に響く。

「でも、やはり今日はもう帰って寝ろ。明日はギルドで依頼を受けてもらう。これは命令だ」

「「はい……」」

しゅん、と長い耳を垂らした二人の頭を撫でながら囁いた。

「その代わり、明日の夜は沢山のご褒美をやるからな」

「約束ですよ！」

「絶対だからな！」

「ああ」

その言葉を聞いた二人は満面の笑みを浮かべ、千夜の頬にキスをして宿へと戻っていった。

「まったく世話のかかる嫁達だ」

呟きながら苦笑いする千夜。

「さてと、それじゃ始めるか」

そう言って魔力を練り始める。

「さあ、出てこい。俺の眷属《けんぞく》達よ」

呟いた瞬間、地面から大量のスケルトン達が出てきた。

ただのスケルトンに比べて一体一体の保有する魔力量が桁違《けたちが》いに多く、骨の色も少し違う。これはグレータースケルトンだ。

『お呼びでしょうか、我が主』

グレータースケルトンは高い知能を持っており、会話も容易くできる。疲労もせず、死ぬこともなく、一体でBランク相当の魔物に指定されている。

「ああ。これからお前達には家を作ってもらう。わからないことがあれば随時聞きに来い。グレータースケルトンリーダーのお前が、他の者に指示を出せ。期限は明後日の朝までだ。いいな？」

『は、畏まりました』

一斉に五十体以上のグレータースケルトン達がお辞儀をした。

そして、グレータースケルトンリーダーの指示によって作業が開始された。

「さてと、俺は結界を張るか」

千夜は半径五十メートルの範囲に、魔力と音を遮断《しゃだん》する結界を張る。

結界を張り終えると、数体のグレータースケルトンと共に黒剛石で瓦《かわら》作りを始めた。

長い時間集中して作業を続けた千夜だったが、いつの間にか眠ってしまう。ふと目が覚めると、疲れを知らないグレータースケルトン達がせっせと働いていた。

「すっかり寝てしまったな」

千夜は日付が変わっても家を作り続けていたが、いつの間にか寝ていたらしく、気がつけば太陽は真上まで昇っていた。

「さてと、俺も頑張るか」

立ち上がり背伸びをした千夜は、服の皺を軽く伸ばすと作業に取り掛かる。

家はほとんど完成しており、馬小屋と塀は既に完成していた。

「思った以上に早くできそうだな」

途中で時間が足りないかもしれないと思い、追加で二十体ほど増やしたが、どうやら出し過ぎたようだ。

「ま、早く出来て困ることはないがな。後はこれを庭の池の近くに植えるだけだ」

千夜はアイテムボックスからひとつの苗《なえ》を取り出した。

これは『千本桜』という名の桜の苗だ。

育つと非常に大きくなり、千本分の花を咲かすことから付けられた名前らしい。ゲーム内では有名な種類の桜だが、苗は幻《まぼろし》と言われるほど希少だった。

それを、水の入っていない池から五メートル離れた場所に植える。

「よし、後はすべてが完成した後に成長させるだけだな。お前ら、頑張って完成させろ!」

『はっ!』

グレータースケルトン達は大きな声で返答する。

千夜の前では、二階建ての和風木造建築が出来つつあった。石と木で作られることが普通なこの世界では、非常に珍しいものだ。

「こんな家に住みたかったんだよな」

感慨に耽《ふけ》る千夜だった。

グレータースケルトン達が作業を進める間、千夜は魔法具を作っていた。

普通に売ってもいるが、稼いだ金を使いきった千夜は、こうして手作業で作っているのだ。

ちなみにアイテムボックス内の金は、怪しまれないようなるべく使わないようにしている。

作業をしているうちに、日が傾き始めていた。

「早く戻らないとな」

千夜は数種類の魔法具を家のいろんな箇所に取り付けていく。

「よし、取り付け完了。後はスケルトン達が作った畳を敷くだけだな。ま、それはスケルトン達がやるからいいとして、俺は……」

千夜は植えた桜の木の近くに来ると、アイテムボックスからひとつの瓶《びん》を取り出した。そして中身を桜の木へとかける。

すると見る見るうちに木が育ち、樹齢数十年の立派な桜へと成長した。

千夜は瓶をアイテムボックスへ収納し、視線を上へ向ける。そこでは満開の桜の木がそよ風に靡《なび》いていた。

「絶景だな」

満足げに呟いた千夜は、残りの仕上げをグレータースケルトンリーダーに指示し、ミレーネとクロエに会うべくギルドへと向かった。

ギルドに入ると、ちょうどミレーネとクロエが、マキに依頼達成の報告をしていた。

「二人ともお疲れ」

「ご主人様！」

「主殿！」

満面の笑みで抱きついてくる。どうやら寂しかったようだ。

そんな二人の頭を千夜は撫でてやる。

「依頼は達成したようだな。どんな依頼をこなしたんだ？」

「はい、はぐれワイバーンの討伐です」

ワイバーンは群れで棲息する魔物である。ワイバーン一体のランクはAランクだが、群れで行動するためSランク指定されている。数によってはSSランクに指定されることも稀にある。

（ま、今回はミレーネとクロエに目をつけられたのが運の尽きだな）

そこで、ひとつ疑問が浮かび上がる。

「このあたりにワイバーンの群れはいなかったはずだが？」

「なぜかはわかりませんが、産卵の時期も近いですから、餌や産卵場所を探しているうちに、棲息場所から逸れたのではないかと皆言っています」

「なるほどな。怪我はないか？」

「ありません」

「私もないぞ」

「そうか。それは良かった。なら約束を守らないとな」

「「はい！」」

再び、抱きついて来る二人の頭を撫でてやる。

そんな三人を、頬杖を突いてジト目で見てくるマキ。

「センヤさん、見せつけにきたのなら帰ってください」

「すまない。それでなマキ、明日は休みか？」

頭の上に疑問符を浮かべるマキ。

「え？　あ、はい。ちょうど休みですけど？」

「なら、明日家に来てくれ」

「あ、はいって、もしかして完成したんですか!?」

「いや、まだだが、明日の朝までには完成する。ついでにバルディにも言っといてくれ」

「わかりました」

「それじゃ――」

踵を返して帰ろうとしたときだった。

「おい、小僧」

「ん、なんだ？　俺に用か？」

「ああ、そうだよ。悪いが、お前の女を貸してくれねぇか？」

身長二メートル近くある筋骨隆々の男が、下品な笑みを浮かべて寄ってきた。

「悪いがこいつらは俺の女なんでな。女を抱きたければ娼館にでも行くがいい」

「ほぉ、この俺様に楯突くのか？」

その言葉に、男の後ろにいる取り巻き二人がゲラゲラと笑い出す。

（まさか、SSランクになっても絡まれるとはな……）

千夜は嘆息する。

「知らないな。誰だお前？」

「俺様はな、たった一年でAランクになった男よ。お前みたいな凡人とは違うんだよ」

その言葉に、千夜とチンピラ三人以外は嘆息した。そして皆が思った。『あいつら、死んだな』と。

「確かにすごいな、一年でAランクになるとは」

「だろぉ。だからよ、痛い目に遭いたくなければ、さっさと女を俺達に渡しな。可愛がってやるからよ」

取り巻き達が再び下品な笑い声を出す。

「そう言えば、お前達の顔を見るのは初めてだが？」

「当たり前よ。なんせタリンバから来たからな」

タリンバとはレイーゼ帝国の三大都市のひとつで、帝都ニューザに次ぐ大都市である。

「なるほどな」

「ああ、だからよ。タリンバで有名だった俺様を怒らせない方がいいぜぇ？」

（井の中の蛙《かわず》か）

「そうか。だがこの帝都ニューザでは、お前は雑魚《ざこ》にすぎないぞ。地方都市で少し名が知られているからといって、あまり調子に乗らないことだ」

「いい度胸だな。死んだって後悔するなよ？」

「それはこっちの台詞だ。ハゲダルマ」

千夜の言葉に、周りの冒険者や受付嬢達は、笑い出しそうになるのを必死に堪《こら》えている。

「てめぇ！　いい度胸じゃねぇか！　ぶっ殺してやる！」

男はその場で剣を抜いた。

「可哀想に、あの男死んだな。それにしてもハゲダルマって、うふ、うふふふ！」

「こら、クロエ笑わないの！　私だって堪えてるんだから！　ぷっ、ハゲダルマ！　うふふ！」

千夜から離れた二人は、楽しそうに小声で言い合っていた。

「ほら、来いよハゲダルマ。田舎育ちのお前に、帝都ニューザの恐ろしさを教えてやるから」

「ほざけ！」

男は剣を振り下ろした。千夜は動くことなく、その場に突っ立ったままだった。

（へっ、口だけの男が。どうやら動けないようだな）

しかし、男の勝利の予感は一瞬にして消え去った。

「なっ！　嘘だろ……」

男は目の前の光景が信じられなくなった。なぜなら、千夜が懐から出した果物《くだもの》ナイフで男の渾身の一撃を止めたからだ。

「この程度か。やはりお前に帝都はまだ早かったようだな。もっと鍛えてから出直してこい！」

剣を跳ね上げ、果物ナイフで男の体を峰打ちにする。

「う、嘘だろ……」

男はその場に倒れて気絶した。

「ア、アニキ！」

取り巻き二人が倒れた男に近寄ると、千夜が果物ナイフを突きつける。

「二度とこの街で騒ぎを起こすな。いいな？」

「は、はいぃ！」

取り巻き二人は千夜の低音の声にガタガタと震えながら答え、気絶した男を残して逃げていった。

「さてと。マキ、明日の正午ころギルドに迎えにくるから」

「わかりました」

「あと、騒がしくして悪かったな」

「いえ、センヤさんを知らないコイツらが悪いんです」

「そう言ってもらえると助かる。またな」

「はい。それではまた明日」

一騒動があったものの、千夜達はいつもと変わらない様子でギルドを後にするのだった。


その後、リッチネス商会を訪ねた千夜達は、パルケと会っていた。

「マジかよ。もう完成するのか？」

「ああ。だから明日の昼前に来てくれ」

「わかった！　うまい酒を持っていくから楽しみにしてろよ！」

「ああ、楽しみにしてるよ」

「それで、いったいどんな方法で建てたんだ？　たった二日で家が建つなんてあり得ないからな」

（さて、どうするかな……ま、明かしても大丈夫だろう。パルケは完全な商売人だからな）

「簡単な話だ。膨大な労働力を用意して、休ませることなく完成するまで働かせただけだ」

「おいおい、それはダメだろ。そんなことしたらぶっ倒れるぞ」

「大丈夫なんだよ」

「どういうことだ？」

「指示をするだけでその通りに動き、疲れを知らない労働力が無尽蔵《むじんぞう》にあるとしたら？」

ミレーネとクロエは頭上に疑問符を浮かべているが、パルケは気がついたのか一瞬目を見開いた。

「おいおい、それってスケルトンか？」

その言葉に千夜は無言で頷いた。

「マジかよ。それなら、早くできるな。でもよ、日中はスケルトン達は使えないだろ？」

「結界を張っているし、俺が生み出したスケルトンはグレータースケルトンだからな。昼でも問題ない」

「なるほど。でも、家を建てるのにスケルトンを使うなんて、思いつかなかったな」

「人件費は安い方が良いからな」

「そうだな。ま、明日完成した家を見せてもらうぜ」

「酒を忘れるなよ」

「任せろ！」

パルケと話し終えた千夜達は、『五帝鬼の祠』に向かった。

◆　◆　◆

その頃ギルドでは――。

「こ、ここは？」

目覚めたバルグが周りを確認すると、冒険者達が楽しそうに酒を飲んでいた。

「目が覚めましたか？」

そのとき、受付嬢が声をかけてくる。

「あんたは？」

「私はこのギルドで受付をしています。名前はマキです」

バルグはゆっくりと立ち上がり、椅子に座った。

「俺はバルグだ」

「はい、知っていますよ。タリンバではそれなりの有名人のようですから」

「だが、このニューザでは有名じゃないんだろ？」

「そうですね」

「あんた正直だな」

「それが取り柄ですから」

マキは軽く胸を反《そ》らして自慢する。

「それで、あの男は何者だ？」

その言葉にマキは呆れ、周りの冒険者達は笑い出す。

「何がおかしい」

バルグは冒険者達を睨むだけで怒ることはなかった。相当ショックだったようだ。

そんなバルグの質問に一人の冒険者が口を開いた。

「お前がちょっかい掛けたのはな、ＳＳランク冒険者だぜ」

「なっ！　ＳＳランクだと！」

「ああ。ま、実力はＳＳＳランクだけどな。なんたって、お仲間がＳランクになるまでは昇格しないってここで宣言したんだから。あははははは！」

冒険者の言葉にバルグはショックを受けた。

「これほど違うのか。人間と人外との境界は」

マキが付け足す。

「付け加えるなら、センヤさんは初登録から二週間でＳＳランクになったんです」

「なるほど、元から実力が違いすぎたわけか」

バルグは取り巻きが持ってきたエールを不機嫌そうに流し込む。

「ま、知らないのも無理ないかもしれません。センヤさんの名前より、クラン名と二つ名の方が知られてますからね」

「どんな名前だ？」

「クラン名『月夜の酒鬼』リーダーの『漆黒の鬼夜叉』。それが、彼――センヤさんです」

それを聞いた瞬間、バルグの乾いた笑い声が響く。

「まさか、あの黒龍を一人で倒した『漆黒の鬼夜叉』に喧嘩を売ったとは、俺も良く生きてたな」

「そうですね。だから、彼がこの街にいる限り、悪さはしない方がいいですよ」

「しねぇよ。死にたくねぇからな……ちょっと待てよ。ってことはあの男と一緒にいたエルフとダークエルフは？」

「はい。『月夜の酒鬼』のクランメンバー『翠穹の妖精』と『闇夜の麗人』です」

「そうか。ほんと俺は喧嘩を売ってはならねぇ奴らに売ったんだな」

「そうです。ですからこれからは気を付けてください」

マキは立ち上がり、受付に向かった。

その姿を見送りながら、バルグは残りのエールを飲み干すのだった。

◆◆◆

千夜達は今まで利用していた『五帝鬼の祠』で夕食を食べていた。今ではちょっかいを出してくる者はいなくなり、楽しく過ごせている。

食事中にお店の看板娘であるミカがエールを持ってきた。そこで千夜はチェックアウトすることを告げる。

「ミカ、少しいいか？」

「何？」

「明日、この宿を出る」

その言葉に、ミカも他の客達も驚いていた。

「ど、どうして！　まさか帝都を出るの！」

テーブルをバンッと叩いて迫るミカ。

「違う。家を買ったからそっちに住むだけだ。飯は食べに来るから会えなくなるわけじゃない」

「そっか。残念だな……」

「なんか言ったか？」

「べ、別に何も！」

「そうか。それと、明日は昼から新築祝いの宴《うたげ》を開くんだが、そこで出す料理をこの店で作ってくれないか？」

「え、いいの？」

「ああ、頼む」

その言葉に喜び、ミカはすぐにメモ用紙を出す。

「人数は少し多目に、十人分頼めるか？　昼の営業時間と重なるから忙しくなると思うが」

「大丈夫だと思う。厨房に聞いてみるね！」

そう言って厨房に向かう。

少しして厨房から、ミカと一緒に大柄な男と優しそうな獣人の女が出てきた。

「センヤ、聞いたぞ。家を買ったんだってな」

「ああ。少し出費がかさんだがな」

「がははは。お前ならすぐに稼げるだろ」

大笑いしながら千夜の背中を叩く。

(痛てぇ。相変わらずだな、ミカの親父は)

「あなた。そんなに叩いたらセンヤさんに失礼でしょ」

ミカの親父であるベルガーを叱《しか》るのは妻であるアイリだった。

「センヤさん、いつも旦那がすみませんね」

「いや、もう慣れたから平気だ」

「でも寂しくなりますね。せっかくの常連のお客さんだったのに」

「別に二度と来ないわけじゃない。飯だけでも食いに来るさ。それと、さっきミカに頼んだ宴の料理は大丈夫か?」

「おう、任せとけ！　酒に合ううまい料理を作ってやるからよ！」

ベルガーは腕を組んで自信満々に宣言した。

「それは楽しみだ。なら、明日取りに来る」

「昼前には用意しとくからよ！」

「助かる。それで、宴には世話になった者を招待しているんだが、あんたらも来てくれないか?」

「お、いいのか！」

「ああ、是非来てくれ。ま、宴の料理は自分の作ったものになるが、それは勘弁してくれ」

「がははは！　なぁに気にすんな！」

「そうか。良かった。でも、それなら料理をあと三人分追加で頼む。言っとくが、あんたらは招待客なんだ。料理の分の金は、ちゃんと受け取ってもらわないと困るからな」

千夜の言葉にベルガーは大笑いし、アイリは肩を竦《すく》めた後にお礼を言う。

ミカは楽しそうに、ミレーネとクロエと話していた。

「どんな家なの？」

「それが、私達も知らないんです。ご主人様が一人で設計して建てられましたから」

「そうなの！」

「ああ、材料とかも一から集めて作ったから新築だ」

「楽しみだね！」

「はい！」

「当然だ！」

三人が楽しそうに話すのを聞きながら、千夜はベルガー、アイリとエールで乾杯した。

そして、その夜は頑張ったミレーネとクロエにご褒美をあげた。

千夜も一日ぶりだったので張り切った結果、ミレーネとクロエは白目を剥《む》いてしまった。それでも二人は幸せそうに眠るのだった。

ご褒美を与えた後、体を拭いていると突然空中に封筒が出現した。

「エリーゼからか。久しぶりだな」

窓を開けて手紙を読む。

そこには久々に、千夜に会いたいという内容が書かれていた。そして、エリーゼの息子であるウィルが千夜に会いたがっていることも。

「皇帝が俺に会いたがってる節《ふし》もあるようだな。だからバルディは、どこか急いで俺達に二つ名を与えたのか」

千夜は手紙を書いてエリーゼに送り返した。

「さて、明日は忙しいからな。寝るか」

そして、ミレーネとクロエを抱き寄せて眠りに就くのだった。

◆　◆　◆

日の出と共に起きた千夜は、ミレーネとクロエに置き手紙を残して、グレータースケルトン達が建造している家に向かった。

「これは、予想以上だな」

そこには既に完成された家があった。

仕事が終わったグレータースケルトン達は、庭に四列横隊で整列している。

「ちゃんと後片付けもしたようだな」

想像以上の働きを見せたグレータースケルトン達を称賛しながら、千夜は家の中を見て回る。

一階は居間、台所、大浴場、大広間、客間、トイレ、倉庫がある。

「木の香りが良いな。流石、木の家だな」

二階は寝室と千夜の書斎、客室となっている。

寝室には畳が敷かれ、キングサイズよりも大きなベッドがある。ベッドは和風のデザインで、和室に違和感を与えない仕上がりとなっていた。

「建築関係の仕事を始めたら儲かりそうだな。あと魔法具も合わせたら」

割と真面目に副業について考える千夜。

外に出て建物と塀に物理障壁、魔法障壁、強度強化魔法を付与し、幻術魔法の結界の幅を狭め、その結界を維持する魔法具を家に取り付ける。

「これで完成だな。後は池に魚を入れるだけだ」

千夜はアイテムボックスから卵の入った瓶を取り出すと、中身の一部を池に撒く。すると卵が孵《ふ》化《か》し、魚達はみるみる大きくなった。

「よし、完成だな。お前達は良くやってくれた。帰って休め」

『はっ！』

大声で返事をしたグレータースケルトン達は、足元に突如現れた黒い渦に呑み込まれて消えていった。

「少し体を動かしてから行くか」

訓練所で六時間ほど鍛練をした千夜はギルドに向かった。

ギルドに着くと、ミレーネ、クロエ、パルケ、バルディ、マキ、ミカ、アイリ、ベルガーが揃っていた。

「お、ようやくのお出ましか」

バルディは腕を組んで急かす。

「遅いですよ、センヤさん」

「マキ、悪いな。家に寄っていたら遅れた」

「そうですか。それよりも、本当にパルケさんと知り合いだったんですね……」

「ん？　まあな」

まだ納得できない様子のマキを視界の端に持っていき、パルケと話す。

「よ、楽しみにしてるぜ」

「ま、あまり期待するな。それよりも酒は？」

「ほら、この通り」

「よし」

アイリが声を掛けてくる。

「センヤさん、本日はお招きいただきありがとうございます」

「いや、気にしないでくれ。いつも世話になっているからな。そのお礼だ」

「そうだぜアイリ、気にするな」

「あなたがもっとしっかりしてくれないからいけないのよ！」

「ま、痴話喧嘩《ちわげんか》はそのくらいにして、今日の飯も楽しみにしてるぞ、ベルガー」

「おう！　期待してろ！　がははは！」

ミレーネ、クロエ、ミカも明るい表情をしていた。

「ご主人様、私達もとても楽しみです！」

「私もだ、主殿！」

「私もだよ、センヤさん！」

「ああ、楽しみにしてろよ」

バルディが口を開く。

「よし、全員揃ったようしだし、センヤの家に向かうとするか。パルケが持ってきた酒が楽しみだぜ」

「おい、人の酒を取るな。それと、待ってくれ、まだ来てない奴がいるから」

「なんだ、まだ呼んでたのか？　センヤも何気に人付き合いしていたんだな」

「余計なお世話だ」

皆から笑い声が巻き起こる。

千夜は一度ギルドに入り、受付嬢に「もし何かあれば、手紙を書いてこれに入れて、宛名と自分の名前を書いてくれ」と言って、エリーゼに渡したものと同じ封筒を差し出した。

受付嬢はよくわからないまま、「畏まりました」と受け取る。

ギルドを出ると、ちょうど一台の馬車が近づいてきた。

「来たようだな」

十人は乗れそうな馬車がギルドの前に止まり、女性と金髪碧眼の少年が降りてくる。

「久しぶりだな、エリーゼ」

「久しぶりですね、センヤ」

二人は久しぶりの再会に、懐かしそうに話し出す。

そんな二人の間に割って入ってくる者がいた。

「おい、センヤ！　どうしてお前がルーセント伯爵と知り合いなんだよ！」

ベルガーが叫んだ。

「ん？　ああ。説明する。この帝都ニューザに来るときに世話になったんだ」

「別に世話と言うほどではないでしょ。初めましてエリーゼ・ルーセントです。センヤには盗賊に襲われたところを助けてもらいました。いわば命の恩人です」

にこやかな笑顔で説明するエリーゼ。

「そうだったのか。あ、俺はベルガーと申します。こちらは妻の――」

「アイリと申します」

「娘のミカと申します」

「畏まらなくて構いません。センヤの友人ならば私の友人でもありますから」

「し、しかし……」

貴族にそんなことを言われても、流石に難しいだろう。

「お願いします」

エリーゼは頭を下げて頼み込んだ。

「わ、わかりました！　いえ、わかったからよ。頭を上げてくれよ！」

「はい」

エリーゼが頭を上げるとホッと胸を撫で下ろすベルガー。

「ベルガーがそんなに慌てるなんて面白いな」

「お前が図太《ずぶと》いことはよくわかったよ」

「それでは紹介しますね。私の息子のウィリアムです」

「ウィリアム・ルーセントです。今日はご招待いただきありがとうございます。自分のことはウィルと呼んでください」

「わかった。よろしくな、ウィル」

「は、はい！　『漆黒の鬼夜叉』に会えるなんて感激です！」

「こら、ウィル！」

「あ、すみません！」

「いや、気にしなくていい。それより俺のことはセンヤと呼んでくれ」

「わかりました、センヤさん！」

ウィルは目をキラキラと輝かせながら千夜を見つめる。

「ごめんなさい、センヤ。ウィルはあなたのファンなの」

「いや、構わないが。でも、なんでだ？」

その言葉に全員が呆れ嘆息する。

その理由をウィルが熱く語り出す。

「当たり前です！　センヤさんはたった二週間でSSランクになって、しかもあの黒龍を一人で討伐したんですよ！　その実力は世界でも四人しかいないSSSランクと同等にもかかわらず、仲間のために昇格を断った仲間思いの方でもあります！」

「そ、そうなのか。教えてくれてありがとうウィル」

「い、いえ！　本人の前ですみません」

一同は、恥ずかしそうにするウィルを温かい目で見守る。

「それでは、立ち話もあれですのでセンヤの家に向かいましょう。さ、みなさん馬車に乗ってください」

エリーゼの言葉に皆が驚くが、千夜が普通に乗ってしまったので、呆れながらも後に続くのだった。

執事のセバスが操る馬車に揺られること十数分。ようやく目的地に到着したが――。

「エリーゼ様。目的地に到着しましたが、それらしき家が見つかりません」

セバスが伝えてくる。

「え、それはおかしいですね？　センヤ、ここで良いのですよね？」

「ああ。ここで合っている。みんな降りてくれ」

そう言われ、全員が馬車から降りる。

「おいおい、廃墟のまんまじゃねぇか」

パルケは驚いていた。

「どういうことだ？」

流石のバルディも頭上に疑問符を浮かべていた。

「ご主人様、何か隠されていますね？」

ミレーネが笑顔で尋ねてくる。その言葉に、千夜とクロエ以外の全員が目を見開いた。

「流石だな」

「いえ、なんとなくそう思っただけです。ね、クロエ」

「ああ。主殿なら、やりかねないからな」

自信満々に腕を組んで胸を張る。

「誉められた気はしないが……ま、良いだろ。みんな目を瞑って片手を出してくれ」

千夜の言葉に首を傾げる一同だが、それに従った。

千夜はその掌《てのひら》にそれぞれペンダントを渡していく。もちろんセバスにもだ。

「いいぞ。目を開けてくれ」

目を開けると、全員が言葉を失った。

「こ、これは！」

「綺麗《きれい》……」

「これはすごいですね」

「火の国で見た建物と似てるな」

「驚いた」

「美しいな」

「す、すごいです！」

「美しいですね」

「ほんと、キレイだね」

「見事な屋敷です」

それぞれが目の前の建物に見惚れていた。初めて木造建築を見た者は、形や作りが自分達の家と違うことに違和感を覚えたが、それでもあまりの美しさに驚きを隠せなかった。

「どうだ、驚いたか？」

「す、すごいぞ主殿！」

「は、はい！　美しいですねご主人様！」

満足した千夜は、腕を組み直しながら微笑んだ。

「それにしてもいったいどうなっているんだ。いきなり建物が現れたぞ」

謎を解き明かそうと思考を巡らすパルケだが、いまだに答えが出ない。

「答えは簡単だ。この家を覆うように幻術結界が発動してるからな」

「本当か!?」

「ああ。珍しい家がいきなり出来たんだ。このあたりは人が少ないとはいえ、必ず噂になる。それにこの場所は城から良く見えるからな。それを隠すための結界だ。そして、そのペンダントを持っている者にだけは、結界が発動しないようになっている」

それだけの魔法を行使した千夜の才能に、皆が改めて驚いていた。

「さて、中に入ろう。中には馬小屋もあるから、馬はそっちに頼む」

「畏まりました」

門を開きながら言う千夜の言葉に、セバスはお辞儀をすると馬車に乗って馬小屋に向かった。

「見事だな。これは是非とも設計図を売ってもらいたいものだ」

「考えとくよ」

玄関まで来た一同に千夜は言った。

「さて、我が友人達に心から寛《くつろ》いでもらえると嬉しい。悪いがバルディ、ドアを開けてもらえるか？」

「ねえ、クロエ、あのご主人様の顔は……」

「間違いないな。何か企《たくら》んでいる顔だ」

流石は千夜の奴隷達である。だが、その企みが下らないことなのか、すごいことなのかまではわからない。

「別にいいぜ……あ、あれ？　開かないぞ。押しても開かないぜ？」

「流石はバルディ。俺の期待を裏切らないな」

「おい、それは俺がバカだって言いたいのか？」

「さて、それじゃ入るか」

千夜はバルディの言葉を完全に無視して、ドアをスライドさせる。そう、和風ならではの引き戸だったのだ。

目を見開く面々。

「まあ、横開きなんですね」

エリーゼは楽しそうに呟く。

「ああ。楽でいいぞ」

「さて、我が家では靴を脱いで上がるんだ。悪いが俺の真似をして置いてくれ」

そう言うと靴を脱いだ千夜は、引き戸式のシューズロッカーに靴を収納する。

再び、驚きを隠せない面々に千夜は満足していた。

一通り部屋の案内が終わると、一同は大広間で宴会を始める。

「さてと、今日は集まってもらい感謝する。心行くまで楽しんでくれ。なお、我が家では王族も貴族も平民も関係ない。だからみんな気を使わずにすごしてくれ。それじゃ……乾杯！」

「乾杯!!」

千夜の音頭《おんど》に続いて、皆が一斉に自分が持つグラスを掲げながら叫ぶ。

こうして新築を祝う宴が始まった。

宴が始まってから約一時間は、それぞれ会話をしながら食事と酒を楽しんでいた。

マキ、ミレーネ、クロエ、ミカの四人は、アルコール度数の低い果実酒を飲みながらウィルを可愛がっていた（正確には弄《いじ》っていた）。

ベルガー、アイリ、バルディ、パルケそしてエリーゼは、度数がそれなり高い酒を飲みながら昔話に花を咲かせている。

エリーゼはなんと、かつてAランクの冒険者だったらしい。

セバスはというと、空になった瓶や皿などを片付けたり、酔っ払ったバルディとベルガーの酌《しゃく》の相手をしたりして、それなりに楽しんでいた。

千夜はそんな光景を眺めながら、パルケが持ってきた一番度数の高い酒を飲む。

(良いもんだな、こういうのも)

種族、性別、階級、年齢、職種、すべてにおいてバラバラな者達が楽しそうに過ごしている姿に、千夜は前の世界で幼かったころの記憶を重ねていた。

そのとき、千夜の右隣にやってきて正座をする者がいた。千夜は酒を飲みながら視線を向ける。

「どうした、ウィル?」

「……」

俯いて何も言わないウィルに、怪訝《けげん》な表情となる千夜。

そんな二人に周りの皆も気づいたのか、視線を向けている。

「あ、あの、センヤさんにお願いがあります」

「なんだ?」

ウィルは拳を握りしめ、決意したように切り出す。

「どうか、母と結婚してください!」

「えええええええええええええぇぇぇ!!!」

「な、なに言ってるの、ウィリアム！」

二人を眺めていた全員が目を見開いて驚き、続いてエリーゼが立ち上がった。

だが、千夜は動じることなく問い返す。

「どうしてだ？」

ウィルは語り始めた。

「……母は十六のときに結婚して僕を産んだそうです。ですが流行り病で父が亡くなり、母は領主となって今まで頑張ってきました。そんな母を配偶者にと、求婚してくる人は沢山いました。ですが、その全員が、母の持つ地位や領地を欲する者でした。母もそのことはわかっていたから、再婚しなかったのだと思います。ですが、僕も今年から魔法騎士学園に通うようになりました。学園は全寮制です。なので今、家には執事のセバスと数人のメイドしかいません。だから、今まで頑張ってきた母には自分の幸せを掴んで欲しいんです」

ウィルは下瞼に涙を溜める。

「ウィル……」

そんなウィルを、涙を流しながら見つめるエリーゼ。

「立派になられましたな、ウィリアム様」

ハンカチで涙を拭くセバス。

その光景に感じ入ったのか、泣きそうになる面々。

だが、一人だけ違っていた。

「それで？」

千夜は態度を変えることなく、ウィルを見つめる。

他の者もわかっていた。泣けば望みが叶うほど、現実が甘くないことを。

それはウィリアムにも、わかっていたことだ。

ウィリアムは袖で涙を拭うと、真剣な表情で千夜を見つめる。

（ほう）

そんなウィリアムを見て感心する千夜。

「はい。なのでセンヤさんに母と結婚して欲しいのです！　僕は初めてセンヤさんに会いましたが、今日会って確信しました。母にはセンヤさんが必要だと」

千夜は酒瓶を傾けて猪口《ちょこ》に注ぎ、それを飲む。そして再び注ぐ。

「……なるほど。ウィリアムの言いたいことはわかった。エリーゼと結婚するなら、俺はウィリアムの父になるわけだが、それは構わないのか？」

「はい！　僕はセンヤさんに父親になってもらいたいです！」

「でもな、それは俺の一存で決めることではない」

「もちろんです」

「だったら――」

そこで千夜の言葉はウィルによって遮《さえぎ》られた。

「大丈夫です！　母はセンヤさんのことを一人の男として好きですから！」

「なっ！　ウィル、何を言ってるの！」

流石のエリーゼもウィルの言葉に驚く。だが、顔は真っ赤になっていた。

これだけで周りの者はウィルの言葉が嘘ではないことを理解した。

それでも千夜は態度を変えない。

「それは本人が言っていたのか？」

（……いじわるですね、ご主人様は）

（主殿はわかってやってるな）

（Sだ）

（Sです）

（サディストです）

（Sですな）

（……）

酔いつぶれて爆睡中のベルガー以外、ほぼ全員の心の声が重なる。

「いえ、言っていません。ですが、久々に家に帰ってみると、母はいつも誰かに会いたそうにしていました。そして、とある冒険者の武勇伝を聞くと嬉しそうにして、すぐに悲しそうな表情に変わります。そして、その人に手紙を書こうかと、いつも自室で悩まれています」

「なっ！　どうしてウィルが知っているの⁉　……はっ！」

既に遅いとわかっていたが、エリーゼは俯いて顔を赤くする。

「エリーゼ様、既に屋敷の者全員が知っております」

セバスがとどめを刺した。

「そ、そんな……」

顔を赤くして項垂《うなだ》れるエリーゼに視線を向けた千夜は、すぐに目の前のウィルに視線を戻す。

「センヤさん」

「なんだ？」

「男とは、己がしたことには責任を取るものですよね。僕は父からそう教わりました」

(なんか、嫌な展開になってきた)

後手に回っていることに気づいた千夜。

(だが、本人の言葉を聞いてないからな)

そんな、男らしくないことを考える。

「では、センヤさんは一度抱いた母のことをどう思っておりますか？」

「え？」

ウィルの言葉に、千夜だけでなく、爆睡中のベルガー以外の全員が呆けた声を漏らす。ただし、エリーゼだけは驚きの意味が違ったが。

真っ直ぐに見つめてくるウィルを見つめ返す千夜。内心ではどう対処すべきか思考を巡らせているが、一向に答えが出ない。

「……はぁ、まさか子供にな……ウィリアム、俺は確かにエリーゼを抱いた。それに関して言い訳するつもりはない。ただハッキリしているのは、エリーゼのことを一人の女性として大好きだ、ということだ。好きになった理由は色々あるが、まあ一目ぼれだな。これで良いか？」

「はい」

ウィルは笑顔で答えた。

「ウィル。なら今度は俺から問う。確かに俺はエリーゼが大好きだが、生憎と甲斐性《かいしょう》なしだ。ミレーネとクロエとも結婚したいと思っている。それでもお前は、俺にエリーゼと結婚して欲しいのか？」

「はい！」

その目には迷いがなかった。

「そうか……」

そう呟くと猪口に注いだ酒をグイッと飲み干して立ち上がり、エリーゼの許に向かう。

「終わった……私の人生……終わったわ……」

ブツブツ呟いているエリーゼの前に千夜が跪《ひざまず》いた。

「エリーゼ」

「は、はい！」

いきなり千夜に名前を呼ばれて顔を上げると、目の前に千夜の顔があったことに、エリーゼの顔が完熟トマトより赤くなる。

「エリーゼ、俺はお前が大好きだ。俺は人間じゃない。貴族でもない。それに、ミレーネとクロエがいるから、お前一人だけを愛することはできない。それでも、お前を心から愛し、護ることを誓う。だから、俺の妻になってくれないか？」

だが、すぐには返事が返ってこなかった。

(お母様、完全に思考停止していますね)

苦笑いを浮かべるウィル。

「……」

一時の沈黙。

それを壊したのは一人の鬼だった。

「エリーゼ、結婚しよう」

「は、はい！　心から愛しております！」

エリーゼは両手で口元を隠し、大量の涙を流した。

千夜はそんなエリーゼを抱き締める。

周りから祝福される二人を眺めるエルフとダークエルフ。

「ま、仕方ないよね」

「ああ。だが、主殿は私達も愛してくれると言ったからな」

「ええ。だから負けないわよ、クロエ！」

「それは、こちらの台詞だ、ミレーネ！」

「「どちらが先に第二婦人になるか！」」

恋の炎を燃やすエルフとダークエルフであった。

そんなときだった。

「うお！　な、なんだこれは！」

突如、バルディの目の前に千夜宛の封筒が現れる。

「やはり来たな」

その光景に千夜は目を細めて呟く。

「バルディ、先に手紙を読んでくれ」

「わかった」

バルディは手紙を読み始めると、徐々に表情を険《けわ》しくしていった。そして読み終わると、その手紙を無言で千夜に差し出す。

それを受け取り千夜も読み始める。

「来たか。皇帝からの呼び出しが」

手紙の内容を読んだ千夜は、明後日に皇帝から呼び出されたことを一同に告げる。

その後、やや重苦しい空気の中で宴は夕方まで続いた。


「本当に良いのかしら？」

エリーゼは頬を赤くしながら門の前に立っていた。

「はい、お母様。せっかく結婚したのです。愛する者と一緒にいても罰は当たりません」

「そうです、エリーゼ様」

ウィリアムの言葉に続くように、セバスも笑顔で答えた。

「それでは、私は屋敷から荷物をこちらに運んで来ますゆえ」

「お願いね。それが終わったら屋敷は売り払いなさい」

「畏まりました」

お辞儀をして承諾するセバス。

千夜が問う。

「売り払っても平気なのか？」

「ええ。私はもう貴族ではありません。旦那様のエリーゼだもの」

「確かにそうだが、ウィルは貴族だぞ」

「それには考えがあるわ」

そう言って、楽しそうな笑みを浮かべるエリーゼだった。

「それにしても、センヤがエリーゼちゃんと結婚するとはな」

「ほんとだなバルディ。これでセンヤも貴族の仲間入りか」

バルディとパルケが、近所の年寄りのような会話をしている。

千夜が反論する。

「何を言っている。俺は平民のままだぞ」

「いや、だってよ」

「バルディさん、旦那様はね、結婚しても貴族にはなりたくないそうよ。それにウィルが学園を卒業したらそのまま家を継がせるから。言ってみれば今の私は伯爵代理ね」

「センヤ、本当か？」

「本当だ。貴族に興味はない。ま、必要があれば貴族になるかもしれないが。今のところは必要ないな」

「相変わらずだな」

「はあ、センヤさんに先越されました。これで結婚してないのは……」

一方、門の柱に指でツンツンしながらブツブツと呟くマキ。

「いや、センヤはどちらかというと、結婚が遅い方じゃないか？」

「確かに、バルディの言う通りだな」

「ホントですね。センヤさんならモテモテでもおかしくないわね」

「うん、お母さんの言う通りだね」

バルディやパルケ、エリーゼだけでなく、ウィルにまでそう言われたが、千夜はやはり納得できない。

「そんなことない。どちらかと言えば早い方だろ」

「いえ、ご主人様は遅い方ですよ」

「ミレーネの言うとおりだな」

ミレーネとクロエも、千夜の言葉を否定した。

「お前ら何を言っている、普通に早いだろ。俺はまだ十七歳だぞ」

「え？」

千夜の年齢が初めて明かされ、ベルガー以外が驚く。

「いや、何を驚いている？」

エリーゼは再びショックを受けた顔になった。

「……嘘。年下なの。七歳も違うなんて……」

「おい嘘だろ、十七歳って。それでSSランクかよ」

「おい、SSランクにしたのはお前だろ、バルディ」

「嘘。年下のセンヤさんに先越された」

「マキ、別に落ち込むことではないだろ」

「センヤさんにはわからないんです！　わ、私……もう二十二ですよ……」

「別に、まだ若いだろ？」

「若くありません！」

「そ、そうか……」

流石に何も言えなくなった千夜は、これ以上マキの感情が悪化しないよう放置することに決めた。

ミレーネ達も驚きを隠せない。

「ご、ご主人様と一歳しか違わないなんて」

「主殿が年下だったとはな」

「そういえば二人にも言ってなかったな。お前達にとっては年下とほぼ同い年だが平気か？」

「驚きましたけど」

「だからと言って主殿を嫌いになるわけないだろ！」

胸を張るクロエを見て、ミレーネは「わ、わたしもです！」と続いた。

「センヤさんはもっと年上かと思ってましたよ！」

「本当ですね」

アイリがミカに同意する。

「そうか？」

「ええ、センヤさんは一般常識が欠けた部分はありますけど、大人びて見えますからね。うちの旦那より大人ですもの」

「ほんとだね！　お父さんより大人っぽく感じるよ」

（おいベルガー、アイリとミカが酷いこと言ってるぞ）

地面に寝転がって、いびきをかくベルガーに視線を向け、千夜は肩を竦める。

「いやはや、そのお年でSSランクとは恐れ入りますな」

セバスがしみじみと言った。

「いや、そうでもないさ。ウィルも頑張れよ」

「はい、お父様！」

「お、おう……」

「うふふ。ウィル、旦那様はまだ慣れていないようだから、いっぱい呼んで慣れさせてあげてね」

「はい、お母様！　それではお父様お母様、寮に戻りますのでこれで失礼します！」

「センヤ様、奥様、それではまた明日に伺います」

「ええ、頼みましたよセバス」

「気を付けて寮に戻るんだぞ」

「はい！」

それから、ベルガーやバルディ達もルーセント家の馬車に乗り込み、共に帰って行った。

こうして残ったのは、千夜、ミレーネ、クロエ、エリーゼの四人だけになった。

「まったく……エリーゼ、からかうなよ」

「良いじゃありませんか、事実なのですから」

「それはそうだが、お父様なんて呼ばれたことがないから背中がむず痒《がゆ》くてな」

「早く慣れてくださいね」

「ああ、頑張るよ」

二人は見つめ合い、徐々に互いの唇が重なり合うかと思われたそのときだった。

「ご主人様……」

「主殿……」

そこには、悲しそうに耳の垂れ下がったミレーネとクロエがいた。

「わ、悪い。それじゃ、風呂にでも入るか」

「は、はい！」

ミレーネとクロエはいつものように嬉しそうに返事をするが、エリーゼは初めてということもあり緊張していた。

「ふう……気持ち良いな……」

千夜は体を洗い終わると湯船に浸《つ》かり、天井を見上げる。

「あ、あの旦那様？」

先に湯船に浸かっていたエリーゼが、暗い表情で尋ねてきた。

「どうした、エリーゼ？」

「い、いえ……その傷は？」

エリーゼがチラチラとセンヤの体を見る。

「ん？　あ、ああ」

その理由を理解した千夜は、平然と答える。

「なに、古傷だ。帝都に来てからは怪我は一度もしていない。だから安心しろ」

「そうですか……ってそういうことじゃないわよ！　前に見たときはそんな傷は無かったわよね！」

「ああ、だって幻術で隠していたからな」

（それより口調が変わっているぞ）

「どうして……」

悲しげな表情で見つめるエリーゼに、千夜は言った。

「別に大した理由ではない。あのときのエリーゼは気を張っていて、甘えられる相手がいなかっただろ。ようやくそういった疲れや不安から一時的でも解放されるってときに、こんな傷を見て引かれてしまうのは嫌だったからな」

「そうですか。旦那様は優しいですね」

「優しくはない。俺がそうしたかっただけだ」

「うふふ。そうですかっ！」

突如、エリーゼが千夜に抱きつく。

見つめ合う二人。

徐々に近づく唇。

そして――。

「駄目です！」

「駄目だ！」

「何をするのよ！　ミレーネ！　クロエ！」

それに対して少女のように怒るエリーゼ。

(可愛いな)

三人の言い争いを眺めていると、まるで三姉妹のようだ。

「ミレーネ、クロエ」

「何ですかご主人様」

「なんだ主殿」

「最初はエリーゼに譲ってくれないか。もちろん、その後で二人の相手をする」

「わかりました……」

「それなら仕方がない……」

二人は最初不満そうだったが、「相手をする」という言葉に顔を染めていく。

「旦那様、続きをしてください」

「わかった、エリーゼ。その代わりベッドでな」

承諾の印として、エリーゼの額に軽くキスをする。

そのあと四人は、キングサイズより大きなベッドがある寝室に来ると、エリーゼから順に体を重ねるのだった。

一回目はねっとりと、二回目は激しく、三回目は優しく丁寧に。

(この体はすごいを通り越して怖いな。体力の底が見えない)

自身の肉体に、恐れに近いものを感じてしまう千夜であった。

◆◆◆

翌朝、日光とおいしそうな匂いで千夜は目を覚ます。

左右に視線を向けると、三人は気持ち良さそうに寝ている。

千夜は浴衣を着て、三人を起こさないよう居間へと向かった。

障子を開けると、台所ではセバスが朝食の準備をしていた。

「おはようございますセンヤ様。もう少しで朝食が出来上がります」

「あ、ああ、おはようセバス。わかった。それよりどうやって家に入ったんだ？」

（セバスにペンダントは渡したが、門は登録者以外開けられない仕組みになっているはずだ。今登録しているのは俺とエリーゼ、ミレーネ、クロエだけのはず……）

セバスを警戒しながら考える千夜。だが、答えは簡単なものだった。

「はい。門が開いたままでしたので」

「え、本当か？」

「はい」

セバスは食卓にパンを置きながら答える。

千夜は昨日のことを振り返りながら思い出していた。

「あ、確かに閉めてないいな」

昨日は客を見送った後、エリーゼ達と風呂に直行したため、門を閉め忘れていたことを思い出す。

そこへ、ようやく起きてきたエリーゼ達が現れ、共に朝食を食べ始める。もちろんセバスも一緒だ。

なお、エリーゼ達は浴衣を着ていたが、寝ぼけていたのか完全に着崩れていた。それを見たセバスはお怒りモードになり、笑顔のまま千夜が止めるまで説教が続けられた。

朝食の後は風呂に入ると、居間でお茶を飲みながらこれからのことを話す。

「まず、ここに来る使用人は何人いるんだ？」

「はい、私の他に二名です」

「思ったより少ないな」

「そうなの。夫が亡くなってから家も小さくしたから、セバスとメイドのマリン、料理人のロイドしかいないの」

「なるほどな。それで何時ごろ来るんだ？」

「はい、荷物の整理もありますから昼過ぎかと」

「わかった。なら、今日はギルドに行くのはやめておこう。それに、明日は面倒臭いが皇帝に会わないといけないからな」

その言葉にエリーゼとセバスは苦笑いを浮かべる。

「畏まりました。それと、センヤ様にはお願いがあります」

「なんだ？」

「はい。初めてセンヤ様に会われてから、奥様は以前よりも食事をされるようになりました。ですが……」

「なるほど、わかった」

セバスの言いたいことを理解して、千夜は苦笑いを浮かべて了承する。そんな二人を見て首を傾げるエリーゼ。

「なら、朝のやるべきことは決まった。それでセバスはどうするんだ？」

「はい、一度屋敷に戻りまして、片付けなどをしようかと」

「わかった。ならすまないが、これを作るよう手配してみてくれ。材料も書いてある」

千夜はセバスにメモ用紙を渡す。

「それと二人にこれを」

千夜は懐から出すように見せかけ、アイテムボックスからペンダントを出してセバスに差し出した。

「畏まりました。でも、驚かせなくてよろしいのですか？」

お茶目なところもあるセバスに笑う面々だった。

食事も終わり、屋敷へと向かうセバスを玄関まで見送った千夜達は、裏庭にある訓練所に来ていた。

広さはおよそテニスコートふたつ分で、的《まと》や訓練用の武器を収納する倉庫もある。

「さてと、それじゃ今日は訓練をするか」

「「はい！」」

嬉しそうに返事をするミレーネとクロエ。

最近は依頼をこなした後に注意点を告げるくらいで、訓練はしていなかった。そのため、久々に指導をしてもらえることが嬉しくて仕方がないといった様子だ。

「でも、どうして私まで？」

嬉しそうにする二人の横で、エリーゼが頭上に疑問符を浮かべながら質問してくる。

今のエリーゼは動きやすいように、かつて冒険者として活動していた頃の服を着ていた。

黒のシャツに茶色のショートジャケット、濃い青のショートパンツ、ロングブーツといった服装だ。髪も邪魔にならないようにポニーテールにしている。

普通なら胸当てなどを装備するが、今回は体術と模擬戦のみなので着用していない。

それにエリーゼはまだ冒険者として復帰するか決めかねているらしい。だから、魔物との戦闘に備えるというよりも、人間に狙われたときに対処できるような訓練を行うことになったのだ。

「さっきも話したが、ＳＳランクになった俺に喧嘩を売るバカは少ないだろう。それでも、俺のことを邪魔に思う連中がいないとは限らない。この屋敷にいる限りは、エレメントテイルや覇龍でも来ない限り安全だが、街中は違う。いつ襲われても対応できるように、体術くらいはマスターしておいた方がいいだろう」

「確かにそうかもね。でも、ランク測定不可のエレメントテイルが攻めてきたら、この屋敷どころか帝都が滅ぶわよ」

千夜の言葉にエリーゼは肩を竦める。

「ま、正直に言うとだな。初めて抱いたときに比べて、お腹周りがふくよかになってきただろう？

その改善をセバスに頼まれたんだ」

「うっ……」

エリーゼ本人も気づいていたようで、何も言えなくなっていた。

「お腹周りを引き締めるのと同時に、もしものときに備えて鍛えるんだ。いいだろ、一石二鳥で」

「でも、『もしも』でしょ」

「エリーゼ、確かにお前の言うとおり確率は低い。だがな、『もしも』というのは低確率ではあるが、起こりうる可能性を示している。つまりゼロパーセントではないと言うことだ」

「大丈夫よ、絶対無いから」

「エリーゼ！」

「は、はい！」

千夜は怒鳴るような大きな声で、エリーゼの名前を呼んだ。

突然のことに三人の体が一瞬ビクンと震える。

千夜はエリーゼの頭を撫でる。

「エリーゼ、そしてミレーネもクロエも、今から言うことは必ず覚えておけ」

「はい」

三人は初めて見る千夜の真剣な表情に驚きつつも、同じように真剣な表情をする。

「いいか、この世に絶対など存在しない。なぜなら、未来に対する絶対とは、希望であり、願望だ。

もし、絶対があるとするならば、それは過去にしかない。わかったな？」

「……はい」

三人は千夜の言葉が理解できなかった。

それでも、愛する夫である主の言葉は、自然と胸に刻み込まれるのだった。

「エリーゼ、ステータスを見せてくれ」

「は、はい！　でも、笑わないでよ？」

「笑わないさ。ついでにミレーネ達も見せてくれ」

「「はい！」」

エリーゼ・ルーセント【ヒューマン】
レベル64
HP16000
MP3500
STR230
VIT310
DEX520

AGI4００
INT67０
LUC80
【スキル】
剣術レベル15、弓術レベル8、調合レベル3、調理レベル6、魔力操作レベル4、火属性耐性レベル3、水属性耐性レベル5、土属性耐性レベル4
【属性】
火、土

ミレーネ【エルフ】
レベル84
HP29０００
MP65０００
STR1０2０
VIT72０

DEX2100
AGI1080
INT800
LUC60
【スキル】
剣術レベル35、弓術レベル52、体術レベル40、治癒レベル29、調理レベル12、鑑定レベル8、魔力操作レベル20、火属性耐性レベル15、水属性耐性レベル8、風属性耐性レベル6、土属性耐性レベル13、闇属性耐性レベル18
【属性】
水、風、光

クロエ【ダークエルフ】
レベル92
HP31000
MP20600

STR2380
VIT1300
DEX1160
AGI900
INT410
LUC90
【スキル】
剣術レベル56、二刀流レベル38、弓術レベル20、体術レベル42、暗殺術レベル39、危機察知レベル42、隠密レベル46、魔力操作レベル16、火属性耐性レベル8、水属性耐性レベル14、風属性耐性レベル16、土属性耐性レベル6、光属性耐性レベル12
【属性】
火、土、闇

「なるほどな。エリーゼもなかなかのものだが、他の二人との差が大きいな。ま、当たり前といえば当たり前だが」

千夜は顎に手を当てて、これからのことを考える。

（訓練よりも実戦を経験させた方が上がるのか？）

しかし、考えても始まらないなと、一旦諦める。

「さてと、それじゃ訓練を始めるか」

「はい！」

そして、訓練が始まった。


訓練が終わり、千夜は門の前でセバスが来るのを待っていた。

昼過ぎになって、ようやく二台の馬車が見えてくる。ひとつは先日乗ったルーセント家の家紋が施された馬車、もうひとつはさらに大きな荷馬車だった。

「これはこれは、センヤ様自ら出迎えていただけるとはありがとうございます」

馬車を降りたセバスは、丁寧にお辞儀をする。

その後ろから三十代後半のハーフエルフの女性と四十代前半の獣人の男性が現れた。なお、セバスは見た目通り人間とのことだ。

「初めまして、マリンでございます。この度はエリーゼ様とのご結婚おめでとうございます」

「初めまして、ロイドでございます。妻のマリン共々よろしくお願いいたします」

「ああ。よろしく頼む。これまでの家とは何もかも違うと思うが、よろしく頼む」

「お任せください、センヤ様」

「頼むよ、マリンさん。それと様を付けるのはやめてくれないか？」

「それだけはダメです」

きっぱり断られたため、流石の千夜も肩を竦めるしかなかった。

「なら、俺だけはセンヤさんと呼ばせてもらいますぞ」

「ああロイド、それで頼む。それで、渡したメモは読んでもらえたかな？」

「ええ、初めて作る料理ですが、なんとかなると思います。むしろ料理人としての血が騒ぎますぞ」

「そうか。それは楽しみだ。それじゃすまないが、早速荷物を運び込んでくれ。俺も手伝おう」

「ありがとうございます。申し訳ありませんがお願いいたします」

恐縮しながらお辞儀をするマリン。

「別に構わないさ。マリンさん達と俺達は、これから同じ家に住む。つまり、家族なんだから」

その言葉に、二人は嬉しそうに笑みを浮かべながらお辞儀をする。

そんな二人を見て笑みを浮かべる千夜とセバスであった。

「それでセンヤ様、奥様は？」

「あ、ああ。どうやら久々の運動で疲れたみたいでな、大広間で寝ているよ。ミレーネとクロエが付いているから大丈夫だと思うがな」

「左様でございますか。それにしても、やはりと言うべきでしょうな」

「そうだな」

二人は、疲れ果てたエリーゼの姿を思い浮かべながら苦笑するのだった。

◆　◆　◆

翌日、千夜とミレーネとクロエの三人は皇帝からの呼び出しを受け、謁見《えっけん》の間に向かうために王宮の中を歩いていた。

案内役の文官と、護衛という名の監視係四人が、千夜達を囲んでいる。

もちろん三人とも武器などは持っていない。王宮に入ってすぐに武器は衛兵に預け、持ち物検査を受けた。皇帝から呼び出したとはいえ、警戒するのは当たり前だ。

謁見の間に繋がる大きな扉の前まで来た千夜は、ふと最初に召喚されたファブリーゼ皇国のことを思い出していた。

(謁見の間の扉というのは、どこもでかいものなのか?)

内側から扉が開かれ、文官の指示で中に入る。

そこには皇帝と皇后がおり、両脇には貴族達が並んでいた。ここまではファブリーゼ皇国と変わらない。しかし、異なる点もあった。それは亜人種がいることだ。

千夜がざっと確認しただけでも、半数は亜人種のようだった。

（これはすごいな）

皇帝の近くまで来た千夜は、その場で立ち止まり跪いた。それを見て、ミレーネとクロエも跪く。

そんな、三人を見てホッとするエリーゼ。

千夜と結婚したことはまだ知られていないため、エリーゼは伯爵として貴族達の列に並んでいるのだ。

「頭を上げよ」

「はっ！」

千夜は顔を上げて皇帝を見る。見た目は白髪の老人だが、顔にはいくつもの傷跡があり、武闘派であることが窺える。そして、見た目は人間のようだが、瞳孔は獣人と同じ縦長だった。

（ハーフビーストか。珍しいな）

次に皇后に視線を向ける。

（ヒューマンだな）

「お主はたった数週間でSSランク冒険者になったと聞いたが、それは真か？」

「はい。真でございます」

「ふむ、平民にしては礼儀を知っているな。誰かに教わったのか？」

「はい。私を育ててくれた――」

「よい」

突如、皇帝が言葉を遮り、千夜を見つめた。対する千夜も、視線を逸らさず見つめ返す。

沈黙の時間が流れていく。

皇帝、皇后、千夜以外の面々は冷や汗を流していた。

だが、沈黙はすぐに終わりを迎えた。一人の大きな笑い声によって。

「ぐあははははははははははっ！」

「へ、陛下！　どうされました!?」

突然笑い出した皇帝に、動揺したのは丸々と太った宰相《さいしょう》だった。

「いや、すまなかった。あまりにも面白い奴だと思ってな。だが、たった二週間でＳＳランクになっただけのことはある」

「それはどうも」

千夜は立ち上がりながら答える。そのぞんざいな返答と態度に、周りは驚く。

宰相は大声で叱咤する。

「貴様！　陛下の前で――」

「よい！　儂《わし》が許す」

「へ、陛下！　しかし！」

「くどい！　宰相、お主は儂の言葉が聞けぬのか？」

「はっ！　申し訳ありません！」

宰相はお辞儀をしたのち、睨みつける視線を千夜に向けた。

(なるほどな)

何かに気づいた千夜である。

「お主を呼んだのは他でもない。実はな、北東にある迷いの森に吸血鬼が出たのだ。調査したところ、複数の吸血鬼の存在が確認された。その中には、貴族級の個体も数体確認されている。お主にはその吸血鬼達を討伐してもらいたい」

「つまり指名依頼というわけか」

「その通りだ」

吸血鬼は、一体でBランクに認定される魔族だ。

そして貴族級とは、吸血鬼の中でも特に強大な力を持つ者に与えられる称号で、爵位が上がるほどその力も増していく。

文献によれば、男爵級の吸血鬼一体で、小さな都市が壊滅させられたことがあるという。つまり貴族級の吸血鬼は、一体でA～SSランクに認定されるくらいの力を持つ魔族なのだ。

今回はどの爵位の貴族級が何体いるのか不明だが、かなり危険であることは間違いない。

「ひとつ聞きたい」

「なんだ？　申してみよ」

「その依頼はクラン『月夜の酒鬼』に対してか？　それとも『漆黒の鬼夜叉』個人に対してか？」

その問いに、後ろのミレーネとクロエが目を見開く。

「お主、『漆黒の鬼夜叉』個人に対してだ」

「そうか。なら、その依頼を受けよう」

「待ってください、ご主人様！」

「そうだ、私達も連れて行ってくれ！」

千夜の受諾に二人が異議を唱える。

「二人とも、今回は前みたいに説得しない。主人としての命令だ。お前達は俺が依頼を終えるまで、帝都から出ることを禁じる」

「「そんな……うっ！」」

二人は反論しようと口を開くが、奴隷にかけられた魔法の効力で体に激痛が走り、言葉を発せなくなった。この魔法は、主の命令で奴隷に痛みを与えるものだ。

千夜はこれまで一度も使ったことのない命令を下した。それはつまり、今回の依頼がそれだけ危険だということだ。

「お主は変わった奴隷の扱い方をするな、鬼夜叉よ」

「悪いが、俺には千夜という名がある」

「そうだったな。なら、センヤよ、お主は依頼達成時に何が欲しい？　別に金でなくても構わぬぞ」

皇帝の言葉に千夜は首を横に振る。

「金も地位も名誉もいらない。ただ認めてもらいたい」

「何をだ？」

「愛する者との結婚だ」

「ほう、誰だ？」

その言葉に皇帝は笑みを浮かべ、問う。

それに対して千夜は真剣な表情をしたかと思うと、獰猛《どうもう》な眼で皇帝を睨みつけながら、背筋を凍らすほど不気味な笑みで答えた。

「エリーゼ・ルーセントとの結婚だ」

その言葉に、周りの貴族達はどよめき、エリーゼと千夜を交互に見る。

「センヤよ、お主は貴族の爵位が欲しいのか？」

「違う。俺が欲しいのはエリーゼ本人のみだ。他はいらない」

「なるほどの。エリーゼ・ルーセントよ」

突如、皇帝に名前を呼ばれたエリーゼは、驚きながらも一歩前に歩み出る。

「は、はい！」

「お主はどうなのだ？」

「私は心からセンヤ様を愛しております！」

エリーゼは恥ずかしがりながらも真剣な表情で叫んだ。

「ふむ、なるほどな。お主の気持ちもよくわかった。だが、ルーセント伯爵領の民や仕事はどうする？」

「それに関しては嫡男のウィリアムに、魔法騎士学園卒業と同時に継がせたいと思います。それまでは私が伯爵代理として、セバスと二人で管理するつもりでございます、陛下」

「なるほどの……」

皇帝は考え込む。今すぐにでも宰相や他の貴族達は異議を唱えたそうだったが、それが起こらなかったのは、皇帝から発せられる威圧により、誰も声を出せなかったからだ。

皇帝は考えを纏めると、千夜を見つめた。

「センヤよ」

「なんだ？」

「流石に伯爵との結婚をすぐに認めるわけにはいかん」

「だろうな」

「ただし、今回の討伐依頼を、明後日の貴族会議が終わるまでに達成することができたら許可しよう」

「なっ！　陛下それはあまりにも――」

「エリーゼ・ルーセントよ！　今はセンヤと話しておる！」

「申し訳ございません！」

謝罪しながら列に戻るエリーゼ。

「それでどうなのだ。愛する女を獲得するためにお主はどうするのだ？」

「もちろん答えは決まっている。この依頼、月夜の酒鬼のリーダーであるこの俺が受けさせてもらう！」

大声で宣言した千夜は、ミレーネとクロエを引き連れて踵を返すのだった。


屋敷に戻った千夜は、何事もなかったようにロイドの作った料理を食べていた。

だが、周りからの視線は複雑だった。喜びと怒り、そして悲しみが混じった視線である。

「ご主人様！　どうして！」

「そうだ！　エリーゼ姉とのことを認めて欲しければ、私達を連れていくべきだ」

不満を露わにするミレーネとクロエ。

しかし千夜は、二人を完全に無視して食事を続けていた。

そんな千夜に対して、エリーゼは嬉しくも思いながら、つらそうな表情で見つめている。

そこへ、セバスが割って入った。

「ミレーネ様、クロエ様」

「なに!?」

「お二人が心配する気持ちもわかります。ですが、センヤ様は男なのです。男とはここぞというときに、大切なものを手に入れるため、前に進まなければなりません。それが、周りの者を悲しませることになったとしてもです」

「……わかった」

「……わかりました」

「ありがとうございます」

セバスはお辞儀をする。

それと同時に千夜が席を立つ。

「ミレーネ、クロエ、そしてエリーゼ、俺は必ず依頼を果たしてくる。だからその間、この家を頼む。それが終わったらひとつ簡単な願いを叶えてやる」

そう言って千夜は玄関に向かい、アイテムボックスから大太刀《おおだち》を取り出す。

それを見て、その場の全員が驚きを隠せずにいた。

「それじゃ、行って来る」

千夜は妖刀にして愛刀の『夜天斬鬼《やてんざんき》』を担いで門を出た。

愛する女を手に入れるため、愛する女達の許に帰ってくるため、吸血鬼討伐へと向かう。

北門から出発した千夜は、門兵から「頑張ってください！」と声をかけられた。

どうやら既に知らせが来ているようだ。千夜はそう思いながら迷いの森に向かって歩く。

帝都が見えなくなったところで、マップを開き敵意を持った者がいないかを確認すると、一定の距離を保ちながら付いてくる連中が数人いた。

(やはりな。エリーゼに横恋慕《よこれんぼ》している奴らという可能性もあるが……一番怪しいのはあの宰相だな)

そんなことを思いながら千夜は指を鳴らす。

「急ぐか」

千夜は全速力で走り始めた。【劣化】スキルを使っているとはいえ、百メートルを二秒という驚異的なスピードで疾走する。

(やばい、楽しいなこれ!)

あまり感情を表に出すことのない千夜だが、今だけは少年のように心を躍らせていた。

◆　◆　◆

帝都のとある建物――。

薄暗い部屋では、丸々と太った男が、ワインを片手に不敵な笑みを浮かべていた。

そこに、ローブを目深く被った男が暗闇から姿を現す。

「それで奴は今、どのあたりにいるのだ？」

「は、それが監視についていた部下達は、北門を出て一時間ほど歩いた所で、突如強烈な目眩《めまい》に襲われたと言い、全員が気を失っておりました」

太った男の顔から笑みが消える。

「それは本当なのか？」

「本当にございます。それから奴の行方を追っているのですが、見つけることができていない状況です」

「ふむ、帝都随一の諜報部隊であるお主達が見失うとは……。速やかに奴を見つけ出し始末しろ！」

「はっ！」

その命令に返事をすると、ローブの男は闇の中へと消えていった。

「ふふふ、これで奴も終わりよ。そして悲しみにくれるあの女を我の妾にし、奴の奴隷は奴隷商に売り捌いてやる。亜人風情《ふぜい》が調子に乗るのが悪い。あとは奴らにこの帝都を襲わせれば……ふふふ、ぐふふふっ！」

太った男はワインを飲みながら、成功した未来を思い浮かべ酔いしれるのだった。

◆
◆
◆

「ここが迷いの森か」

千夜は目の前の森を眺めながら呟く。

茜《あかね》色に染まる空とは裏腹に、森の中には光ひとつ差し込むことはない。少し霧が出ており、十メートル先が見えないほどだった。

「さてと、狩りに行くとするか」

不敵な笑みを浮かべ、迷いの森へと入っていく。もちろん【探索】【危機察知】【隠密】【無音】のスキルを同時発動して進んで行く。

今は夏だが、真っ暗闇の森で肌寒さを感じる湿った空気は、不気味としか言いようがなかった。

そんな森の中を千夜は平然と歩く。

(マップには敵意を持った者は無し。それどころか生体反応すら無しか。危機察知も反応無しと)

【探索】スキルのお陰で、森の中に複数の生体反応があることは確認しているが、まだマップには表示されない。

マップに表示される範囲は最大で半径十五キロメートル。任意で範囲を指定できるが、範囲を最大にしても何も表示されない状況に、千夜は愚痴を漏らす。

「マップのお陰で迷うことはないが、どんだけ広いんだよこの森は」

森に入って既に一時間は経過していた。

「仕方ないな。少し寝るか。障壁と幻術だけ発動させればいいだろう」

そう言って千夜は、樹齢百年ほどの木にもたれて仮眠を取るのだった。

◆◆◆

夜になり、月の光すらない帝都ニューザは闇に包まれていた。そんな帝都の一角に、例外的に賑わう建物——ギルドがあった。そこへ、エルフとダークエルフがやってくる。

しかし、二人の表情は暗かった。

「やっぱり、いませんよね……」

「わかっていたことなのにな……」

ギルド内を見渡して目的の人物を探すが、いない。それはわかりきっていたこと。それでも探しに来てしまう。

敬愛する主。愛する男。一風変わった服装で、あの大きな背中に安心感を覚える。

「ミレーネちゃん、クロエちゃん、どうしたのこんな時間に？」

心配して二人に声をかけるのは、数少ない女性の友人、マキだった。

「そ、その……ご主人様はいないかなと……」

「まだ帰ってきてないよ」

「いや、それはわかっていた……」

「そう……」

「そ、それでも……わかっていても！」

クロエは大粒の涙を流しながら、その場に座り込んでしまう。そんなクロエに抱きつき、同じように泣くミレーネ。

そんな二人を、マキは悲しげな表情で見つめることしかできなかった。

そのとき、一人の男が語り出す。

「男はな、バカなんだよ」

ミレーネとクロエは男の方に視線を向ける。マキも同じように振り返った。

そこにいたのは――。

「バルグさん」

千夜に峰打ちされた男、バルグだった。

「どういうことですか？」

ミレーネは涙を拭きながら問う。

「そのままの意味だ。男は人生で何度か、逃げ出しちゃなんねぇときがある、前に進まなきゃならないときがある、勝負しなきゃいけないときがある……それが周りを悲しませる行為だとわかっていてもな。きっと奴も――漆黒の鬼夜叉も気づいてるはずだぜ」

「な、なら、私達はどうしたら良いのだ！」

クロエは叫ぶ。悲しみを、苦しみを、怒りを、虚《むな》しさを、不甲斐なさを、すべて吐き出すように。

「待つだけだ」

「そ、そんなことはわかっている……それしかできないから……」

「お前達二人は、月夜の酒鬼のクランメンバーだろうが。なら、どうして信じて待てないんだ？　奴は死ぬために行ったのか？　奴は弱いのか？」

「そんなわけない！」

「そんなわけありません！」

「なら、待つことだ。信じてな」

バルグはジョッキの中身を飲み干すと、ギルドから出ていった。

「ミレーネ、クロエ」

入れ替わるかのように、一人の女性が入ってくる。

「エリーゼ姉……」

「エリーゼお姉さん……」

それは、エリーゼだった。

「あの男の人の言うとおりよ。私達は旦那様の女なの。ならば旦那様が帰って来たときに笑顔で迎えてあげなくてどうするの？」

「「……」」

エリーゼは二人に手をさしのべる。

「……良いわね？」

「「はい！」」

二人はエリーゼの手を握る。

三人は騒がせたことを謝罪し、出ていった。

そんな三人を眺めながらマキが呟く。

「センヤさん、帰ってきたら三人に謝らないと駄目ですよ……」

◆◆◆

「さてと、狩りに向かうか」

仮眠を終えた千夜は幻術を解き、吸血鬼達の巣へと向かう。

「ようやくだな……」

歩き始めて数時間、ようやくマップに複数の生体反応が出現する。

色は緑。つまり、吸血鬼達はまだ千夜に気づいていなかった。

（黒龍のときは期待外れだったからな。今回は楽しめると良いんだが）

千夜はアイテムボックスから夜天斬鬼を取り出し担ぐ。

そして徐々に距離は近づき、前方からは光も見えてきた。

久しぶりの強敵に対して高揚した千夜は、不敵な笑みを浮かべ、速度が上がりそうになる足を制御しながら歩く。

「ん？」

ふと千夜は歩みを止めた。

「ほう、探知結界か」

目の前には不気味な森しか見えない。だが、千夜にはわかる。あと一歩踏み出せば結界に触れることを。

「面白そうだ」

犬歯を剥き出しにするほど獰猛な笑みを浮かべながら、結界内へと足を踏み入れる。

その瞬間、マップに表示されていた複数の緑色の点が赤へと変わる。

そして歩き続けること数分、ようやく吸血鬼達と対峙した。

「さあ、死合いを始めようか」

そこには、まさしく戦闘狂と殺人鬼の称号を持つに相応しい鬼が立っていた。

◆　◆　◆

「お前達、警戒を怠るな！」

探知結界に何かが引っかかったという知らせに、一体の吸血鬼が仲間に指示を出し、森の中を睨んだ。

まだ見えない。だが徐々に足音が大きくなる。

「一人か……」

反応があったのは一人のみ。そして聞こえてくる足音も一人分。

そのことに安堵する吸血鬼だったが――。

「なんだ、この寒気は」

冷や汗が流れていた。

（数は圧倒的にこちらが有利。しかも、僕を含めて貴族級が五人もいる。なのに……）

吸血鬼はまだ見ぬ敵に震えていた。

そして、敵はようやくその姿を現す。

見たこともない変わった服装、背中まである漆黒の髪、額から伸びた少し歪な二本の角、右肩に担いだ二メートルほどの細い刀。何もかもが普通とは違う。

だが吸血鬼は理解した、それが何者なのか。

思わず、近くの仲間にも聞こえないくらい小さな声で呟く。

「漆黒の鬼夜叉……」

使い魔を利用した情報収集で、行商人達の話に出てきた噂の男。それが今、目の前にいる。

吸血鬼はそんな千夜の姿に、背筋を凍らせる強烈な悪寒《おかん》を初めて感じていた。

◆◆◆

「貴様、何者だ？」

千夜に話しかけてきたのは、五十人以上いる吸血鬼の一番後ろに立ち指示を出していた、銀髪をマッシュカットにした一体だった。

その吸血鬼に視線を向けた千夜は――。

（ほう……アイツは最後まで生かしておくか）

気まぐれのようにそんなことを思いながら、質問に答える。

「俺は千夜。皇帝の依頼でお前達を討伐しに来た」

吸血鬼達が一斉に笑い出す。愚かだ、馬鹿だ、無謀だと、口にしながら笑う。

しかし銀髪マッシュカットだけは笑わず、千夜から視線を外さなかった。

「それで、お前は誰だ？」

今度は千夜が問う。そのふてぶてしい態度に、笑っていた吸血鬼達の顔が険しくなる。

銀髪マッシュカットは、警戒を緩めることなく口を開いた。

「俺の名はエルキオ・ロバン。ロバン男爵家の三男だ」

銀髪マッシュカットはそう名乗った。千夜はその評価を上げる。

(奴は殺すのはもったいないな……そうだ！)

そして、あることを思い付く。

「貴族級か。見たところ他の貴族級はいないようだが」

吸血鬼の集団を見たときから、貴族級がこの場に一人しかいないことはわかっていた。だが、わざと周りに視線を向けて探す演技をする。

それに対して、一番前にいた吸血鬼が吼《ほ》えた。

「貴様程度、俺達で十分なんだよ」

「そうか。なら始めるか」

夜天斬鬼の刀身が鞘から抜かれた瞬間、嘲笑った吸血鬼と、その周りにいた三人の吸血鬼の首が飛ぶ。

誰もが動けなかった。もちろんエルキオも例外ではない。

(今、何をした……部下の首が飛んだ？)

エルキオは悟った。直感なのか本能なのかはわからない。ただ理解した。

奴には勝てないと。

これだけの人数がいながらも勝てない。殺せない。

逆に殺されると。

そんなことを考えている間も、部下達が次々に殺されていく。

斬られ、刺される。

だが、なぜかエルキオは恐れていなかった。逆に高揚していた。目の前の光景に。

「美しい……」

大量の鮮血の華を咲かす千夜に見惚れていた。

そして気がつけば、エルキオ以外に誰も立っていない。

大量の死体と血が地面を覆っていた。

「さてと」

準備運動を終わらせた千夜は、放心状態のエルキオに近づく。だが、突如放たれた風の刃によって遮られた。

後方に跳んで回避した千夜は、風の刃が放たれた方向に視線を向ける。

そこには四人の吸血鬼がいて、眼を細めて睨んできていた。

「ようやく揃ったか」

貴族級の吸血鬼が揃ったことに喜ぶ千夜。

「貴様、よくも手下を殺してくれたな」

金髪をオールバックにした吸血鬼が、怒りのこもった低い声音で呟く。

「お前らが早く出てこないのが悪い」

「『下等生物風情が軽口を叩くな！』」

同じ蒼髪を、それぞれポニーテールとツインテールにした、十歳くらいの双子の吸血鬼が怒声を放った。

「で、俺を殺そうとしたのはお前か？」

千夜は一番左端に立つ、銀髪をツーブロックにした青年を見た。

「……」

男は無言で頷く。

(その見た目で無口キャラかよ)

見た目と性格が合っていない吸血鬼に呆れるが、警戒心は解かない。

それぞれ見た目も性格も違う。だが、ひとつだけ共通するところがあった。

それは眼である。深紅色の眼は人間の生き血を欲しているかのようだった。

「それで、貴様は誰だ？」

右端のオールバックの吸血鬼が問う。

「俺の名は千夜。お前達を狩る者だ」

千夜の言葉を不愉快に感じたのか、さらに表情が険しくなる。

それでも、先ほど殺した吸血鬼達よりはマシだと千夜は感じた。

「で、お前達は？」

その言葉にオールバックの吸血鬼が鼻で笑う。

「本来なら貴様程度に名乗る名は持たぬが、単身でここまで来たことに敬意を表して教えてやる。俺の名はサンクリード・ブロッサム。ブロッサム侯爵家の嫡男だ」

「私はリナ・ルート・メイスリン。メイスリン伯爵家の長女よ」

続けてポニーテールが名乗る。

「私はレナ・ハーツ・メイスリン。メイスリン伯爵家の次女にしてお姉さまを世界で一番愛している女よ」

今度はツインテールの少女が、ない胸を堂々と張って宣言する。

「……僕の……名前……は……カイ……レナード……レナード子爵……家の……嫡男……疲れた……」

ツーブロックを最後に、全員が名乗り終える。それを聞いて千夜は嬉々としていた。

「なるほどな。貴族級が四人。それもエルキオよりも爵位が上とは」

「当たり前でしょ。私達とエルを一緒にしないで。ましてや、私達はそれぞれの家の嫡男と長女。レナは次女だけど……私と一緒に生まれたから力は一緒よ。それに比べてエルは三男……わかった？」

「ご丁寧な説明をどうも。ツルペタポニーテールちゃん」

「なっ！」

千夜の言葉にリナは顔を真っ赤にして憤怒《ふんぬ》する。

「……どうやら死にたいようね。本当は楽に殺すつもりだったけど、たっぷりと苦痛を味わった後で殺してあげる」

リナの表情は、小さな女の子がするような可愛らしいものではなかった。それは狂喜に満ちた表情だった。

（やはり子供だな。それでステータスはどんな感じだ？）

その程度で怒るのは子供だと思う千夜。

相手が放つ怒りをスルーしながら、ステータスを見るために【超解析】を使う。

サンクリード・ブロッサム【吸血鬼】
レベル68
HP2260000
MP1590000
STR1920000
VIT1790000

DEX16800
AGI20600
INT15300
LUC110
【スキル】
剣術レベル65、威圧レベル40、HP自動回復レベル32、魔力操作レベル66、調教レベル32、指揮レベル12、危機察知レベル20、吸血レベル51、火属性耐性レベル46、水属性耐性レベル32、風属性耐性レベル47、土属性耐性レベル35、闇属性耐性レベル44
【称号】
将軍の卵
【属性】
火、闇

リナ・ルート・メイスリン【吸血鬼】
レベル63

ＨＰ１６７０００
ＭＰ２６００００
ＳＴＲ９８００
ＶＩＴ９６００
ＤＥＸ１８３００
ＡＧＩ８７００
ＩＮＴ１７９００
ＬＵＣ80
【スキル】
解析Ⅵ、剣術レベル20、魔物生成レベル64、召喚魔法レベル56、魔力操作レベル72、ＨＰ自動回復レベル16、ＭＰ自動回復レベル34、調合レベル20、魅了レベル15、吸血レベル45、魔法耐性レベル23、火属性耐性レベル42、水属性耐性レベル34、風属性耐性レベル38、土属性耐性レベル24、闇属性耐性レベル39
【属性】
水、風、闇

レナ・ハーツ・メイスリン【吸血鬼】
レベル62
HP194000
MP102000
STR124000
VIT115800
DEX176000
AGI223000
INT9200
LUC100
【スキル】
剣術レベル52、細剣術レベル67、投擲レベル35、体術レベル45、魔力操作レベル52、危機察知レベル28、吸血レベル46、HP自動回復レベル25、火属性耐性レベル49、水属性耐性レベル44、風属性耐性レベル36、土属性耐性レベル31、闇属性耐性レベル37
【属性】
水、闇

カイ・レナード【吸血鬼】
レベル65
HP186000
MP184000
STR148800
VIT115400
DEX115200
AGI117200
INT112500
LUC80
【スキル】
剣術レベル60、二刀流レベル72、盾術レベル54、体術レベル49、魔力操作レベル28、危機察知レベル57、吸血レベル68、HP自動回復レベル19、火属性耐性レベル36、水属性耐性レベル40、風属性耐性レベル44、土属性耐性レベル41、闇属性耐性レベル39

【属性】
風、闇

（……言いたいことがありすぎる。サンクリードのステータスは、予想通り全体的に高いな。15000以下無しって、どんだけだよ。それに称号持ちだし。リナは完全にマジックキャスターだな。てか【魅了】って。どこに魅了するところが？　レナはスピードタイプか。役割的に遊撃手だな。で、カイはこれまた平均的。突出したところは無いが、スキルの平均レベルは一番高い。技術と経験で戦うタイプか。一番厄介かもな）

思考の海に潜りながらも警戒を怠らない。

サンクリード達は敵意と殺意を向けながら愛用の武器を構えるが、攻撃してくる気配はなかった。

「どうした、攻撃してこないのか？」

千夜が尋ねる。

「フンッ、先手は貴様に譲ってやる」

千夜の力量は把握できたのか、鼻で笑っている。

「なら、お言葉に甘えるとするか」

サンクリード達の目の前から、一瞬にして千夜の姿が消えた。

「消えた⁉」

レナは驚きのあまり声に出す。

キンッ‼

次の瞬間にはリナに斬りかかっていた。

「ほう、よく見えたな」

が、カイの持つ盾に防がれる。そのことに千夜は称賛する。

「……っ！」

「よっと」

カイは防いだ後すぐに攻撃するが、千夜は後方に跳んで回避する。

「ありがとう、カイ」

「……」

「下等生物風情が、お姉さまに斬りかかるとはいい度胸ねっ！」

姉を攻撃されたことに怒り狂ったレナは、音速並みのスピードで千夜に近づき、愛用のレイピアで連続攻撃を放つ。

「遅いな」

「きゃっ！」

すべてを受け流されただけでなく、隙を突かれたレナは、腹を蹴られて後方に飛ばされる。

レナは立ち上がりながら、苦虫を噛み潰したような表情で千夜を睨み付けた。

「単独攻撃はよせ、レナ。陣形を忘れるな」

サンクリードの指示で再び陣形を組む。

「見込み以上とはな。なかなかやるようだ。だが、これ以上好きにさせると思ったら大間違いだ！」

サンクリードは千夜に攻撃しようとするが――。

「待って」

「リナ、なぜ止める」

リナによって制止され、サンクリードの声に怒気が含まれた。

それを無視してリナは口を開く。額から冷や汗を流しながら。

「サンクリード、レナ、カイ。あの男を甘く見たら駄目よ」

「それぐらいわかって――」

「そうじゃないのよ！　見下すことなく真剣に殺すの。じゃないと、私達が殺される……」

リナの言葉に三人は眼を大きく見開く。

「リナ、お前使ったのか？」

三人はリナが【解析】持ちだと知っていた。

「ええ。でも……見えなかったわ」

「っ！」

リナの言葉に驚きを隠せない三人。【解析】とは、相手のステータスを見ることができるスキルだ。解析スキルを妨害する方法はふたつ。

ひとつは【隠蔽】。これは解析を妨害することのできるスキルだ。

そしてもうひとつは、相手をステータスで上回ること。その差が大きいほど、相手に見られる範囲を制限できる。

「お姉さまは、あの下等生物が【隠蔽】持ちか、もしくはお姉さまより遥かに強いと言いたいのですか？」

「……そうよ」

認めた——三人は驚きのあまり千夜の方を向く。

三人は知っている。リナがこの中でも一番の負けず嫌いだということを。

模擬戦で負けても負けを認めず、何度でも挑むリナ。そんなリナが、千夜は自分より強いかもしれないと認めたのだ。

それは千夜が侮《あなど》れない相手だと確信した瞬間だった。

そして四人は心に刻み込んだ。真剣に相手を殺すと。侮らないと。

「貴様は俺達が殺す」

四人が武器を構える。

「殺気が強くなったか。どうやら【解析】を使ったみたいだな」

「よりによって【解析】持ちとはね。でもこれでハッキリした。奴は強い」

リナは、千夜も【解析】持ちだとわかった途端、嫌気が差した。

「それじゃ、俺も少し本気を出すか……【劣化】一パーセント解除」

ブワッ！

突如、千夜から感じるすべての力が膨れ上がった。その瞬間、四人の背筋が一瞬にして凍る。

「「な、によ、これ……」」

双子は同時に呟く。他の二人も声には出さないが感じ取っていた。目の前に立つ男が放つ圧倒的な力を。

それはエルキオが最初に感じたものと同じ。

恐怖だ。

「さあ、再開しよう。命を賭けた死合いを…………【斬波】！」

十メートル近く離れているにもかかわらず、千夜は叫ぶと同時に大太刀を袈裟懸《けさが》けに振るう。

そこから放たれた、飛ぶ斬撃が双子を襲った。

「グッ‼」

「キャッ！」

双子を庇うように前に出て、サンクリードが剣で、カイが盾で防ごうとする。

しかし飛ぶ斬撃は盾と剣を一刀両断し、サンクリードとカイに襲いかかった。

そしてそのまま、後ろにいたリナとレナごと吹っ飛ばしたのだ。

「やり過ぎたか？」

斬撃の威力が予想を超えていたため、少し反省する千夜。

「き、貴様……何者だ？」

サンクリードは斬られた体を押さえながら、思わず問うた。

予想を遥かに上回る力を持つ存在に。

殺されるかもしれないと感じさせる存在に。

「さっき言ったはずだ。お前達を狩る者だ」

千夜は淡々と答えた。

「フッ、そのようだな」

サンクリードは鼻で笑う。だが、今度は千夜に対してではなく、己自身に対してだ。

「センヤと言ったか？」

「そうだ。それがどうした？」

「頼みがある」

サンクリードは千夜を見つめて言った。

千夜は不審に思い、眼を細めながら問い返す。

「頼みだと？」

「そうだ」

サンクリードは見つめる。圧倒的な力を持つ千夜を。

そして千夜もサンクリードを見つめる。いや、見据えると言った方が正しいだろう。

（ヤバイな。見つめられるだけで吐きそうだ）

吐き気を堪えながらも、サンクリードは千夜から視線を逸らさない。

「言ってみろ」

千夜の言葉に肺の中の空気をすべて吐き出す気持ちで答えた。

「俺の命はくれてやる。だから、リナ達は見逃してくれないか」

「なっ！」

その言葉に、リナとレナ、そして千夜の後方で今までの戦闘を見ていたエルキオが驚きの声を上げる。

しかしカイは驚かない。それだけでなく、サンクリードと同じように斬り傷を押さえながら、彼の横に立った。

「俺の……命も……やる。だから……レナ……だけは！」

「カイ！」

無口なカイから絞り出された言葉に、レナはカイに駆け寄り服を掴む。

（なんだこれ。まるで俺が悪者みたいじゃないか）

目の前で繰り広げられている友情&恋愛劇に、心の中で嘆息した。

「頼む！」

「断る！」

必死の頼みが拒絶され、サンクリードとカイは絶望の表情を浮かべた。

しかし次に千夜から発せられた内容に、貴族級の吸血鬼五人は驚愕する。

「お前達の頼みなど知ったことか。だが、取引ならしてやってもいい」

「と、取引だと……？」

「そうだ。取引するか？」

「内容を聞いてからだ」

(だろうな)

サンクリードは引き下がらなかった。自分達が下手に回っていることは間違いないが、取引を少しでも有利に進めたかったのだ。

「一つ目は、今回お前達をここに派遣した首謀者を教えること。二つ目は、その証拠を渡すこと。三つ目は、貴族級を一人、捕虜として差し出すこと。以上だ」

「……いいだろう。それで、リナとレナが助かるなら。ついでに俺の首も持って行け」

サンクリードの言葉に双子が反論しようとするが、それより早く千夜が割って入った。

「バカかお前は。俺が出した条件は三つだけだ。情報と証拠と捕虜の提供。それだけだ。お前達の命などいらん」

その言葉に全員が驚く。そして双子が前に出て頭を下げる。

「「ありがとう！」」

その光景に千夜は微笑む。

だが、サンクリードは納得できなかった。

「なぜだ？」

「なぜとは？」

「どうしてそこまで譲歩する？」

「理由はいくつかある。一つ目は、ここで貸しを作っておけば、後で利用できるかもしれないから。二つ目は、お前達を殺さずに取引した方が、情報を集める手間が省けるから。三つ目は……」

三つ目を言おうとして、千夜は口ごもった。

そのことにカイと双子達は首を傾げ、サンクリードが問いただす。

「三つ目はなんだ？」

「はぁ……お前達、許嫁《いいなずけ》同士か？」

千夜の問いに、四人の顔が赤く染まった。

「図星のようだな」

「ああ、そうだ。俺はリナと、カイはレナと許嫁同士だ。それがどうした？」

恥ずかしいのか、サンクリードが自棄糞《やけくそ》になりながら答える。

「わからなくもないからな。愛する者と別れたくないってのは」

「どういうことだ？」

「……」

「おい」

「……俺が今回この依頼を受けた理由は、愛する女との結婚を認めてもらうためだからだ」

千夜は恥ずかしそうに答えた。

そんな千夜を見て、四人は呆れながらも微笑んだ。

「そうか。なら、この取引を受けさせてもらおう」

笑みを浮かべたサンクリードが取引を承諾した。

その後、二人の傷が再生するまで待って、吸血鬼の屋敷で話すことになった。

その間、千夜は双子に色々なことを吹き込んでいた。

「……ということだ。試してみるといい」

「「なるほど、やってみる！」」

双子はキラキラと眼を輝かせながら、メモを取っていた。

「おい、何をしてる」

「別に。な？」

「ねえ～」」

怪しい雰囲気の三人をジト目で見つめるサンクリードとカイ。

「もう、そんな顔しないの」」

リナとレナは愛する男に駆け寄り抱きつくと——。

チュッ！

軽く頬にキスをする。

その瞬間、二人の顔は熟したトマトよりも赤くなる。

「ほんとだ！　センヤの言った通りだ。可愛い！」」

「だろ」

腕を組んでいちゃラブな光景を見つめる千夜に、エルキオが近づく。

「センヤ」

「どうした？」

「僕と主従契約してくれませんか？」

「主従契約？」

千夜の疑問をサンクリードが解決してくれた。

「主従契約とは、その名の通りの意味だ。吸血鬼と契約する場合のほとんどは、吸血鬼が主になる。だが、吸血鬼から持ちかけた場合は主従関係が逆転する」

「なるほどな。つまりは俺に主になって欲しいと」

「そうです。駄目ですか？」

エルキオが上目遣いで頼み込んでくる。

エルキオは童顔で、しかも男なのか女なのかわかりづらい顔立ちをしている。それに加えて体も華奢《きゃしゃ》なため、千夜も思わず承諾してしまった。

「ま、捕虜も必要だからな」

「ありがとうございます！」

そして千夜は、エルキオと主従契約することになった。

吸血鬼との主従契約は普通の主従契約とは違う。

吸血鬼が主になる場合は主が従者の血を飲み、従者の中に魔力を流し込むことで成立する。

そして、吸血鬼が従者になる場合は、その逆となるのだ。

「それじゃ始めるぞ」

千夜はエルキオの首筋に犬歯を突き立て血を啜《すす》る。と同時に、エルキオの体内に魔力を流し込んでいく。

「……んっ……あっ……あっあああ！」

エルキオは思わず声が漏れ、最後にはなぜか昇天してしまう。そして、契約が完了してもその場に座り込んだままだった。

「な、なにこれ……ヤバイかも……」

蕩《とろ》けた表情で感想を述べる。

「おい、やめろ。俺にそんな趣味はない」

千夜は思わず強めに叱る。そんな千夜を安堵させる事実を、リナが教える。

「多分大丈夫だよ」

「どういうことだ？」

「吸血鬼はね、とっても子供が産まれにくい体質なの。だから、少しでも子孫を残しやすくするために、十五歳までは男でも女でもないんだよ。それで、十五歳になったときに、それまでの人格や性格に合わせて、男か女に変わるの。ま、中には私達みたいに、早くから性別が決まる例もあるけど」

吸血鬼は老化しないことで有名だ。寿命がなく永遠に生きることができ、再生能力もずば抜けているため、ほぼ不老不死なのだ。

その代わり繁殖力《はんしょくりょく》が低く、なかなか増えることはない。

「それじゃ、エルキオはまだ十四歳なのか？」

「そうです……我が主……幸せ～」

いまだに蕩けた表情で肯定するエルキオを見て、千夜は思わず額に手を当てた。

（エリーゼ達に殺されるかもな）

帰ってからのことを考えてしまい、千夜は天を見上げて現実逃避をするのであった。


その後、復活したエルキオを連れて屋敷の中を探索する。

「綺麗だな」

「掃除は部下達がしてくれていたからな」

廊下を歩き、一階の突き当たりにある扉の前まで来る。

「ここが会議室だ。雇い主とは通信結晶を使って情報交換などをしていた」

「なるほどな」

サンクリードの説明で、黒幕が浮かび上がってきた。

千夜は犯人の顔を思い浮かべながら椅子に座る。

(多分、奴だな)

「何となくだが犯人の目星がついた。答えてもらおうか、雇い主は誰だ?」

千夜は腕を組んでサンクリードを問いただす。

「俺達を雇ったのは、レイーゼ帝国宰相ベルルク・ペルチだ」

「やはりな」

予想通りの答えに千夜は嘆息する。

「わかっていたのか?」

「いや、何となくだ。ただ、俺がここに来るときに尾行されていたから、黒幕が謁見の間にいた奴だとはわかっていた」

「それだけじゃはっきりしないだろ」

「まあな。だが、一人だけ亜人種とは距離を取っていた。エリーゼにチラチラと視線を向けていて、エリーゼが亜人と話すとき、ズボンをきつく握りしめていたから予想できた」

「なるほど。ヒューマンも亜人も関係なしに反応するならただの嫉妬だと思えるが、亜人のときだけってのはある意味露骨だな」

「まあな」

千夜は宰相の饅頭《まんじゅう》のような顔を思い出して嘆息する。

「「ねえねえ、センヤ」」

双子は目を輝かせながら興味津々な視線を千夜に向ける。

「なんだ？」

「「そのエリーゼってヒューマンが、さっき言ってた愛する女なの？」」

（こんな時にハモらなくても良いだろうに）

そんなことを思いながら肯定する。

直後、二人の発した「キャー！」という黄色い声が会議室に響いた。

（種族に関係なく、女ってやっぱり好きなんだな、恋話が）

「『それでそれで、謁見の間で何て言ったの？』」

「ん、別に普通に取引をしただけだ。『依頼達成したら金はいらない。エリーゼとの結婚を認めて欲しい』って」

「『キャー‼　それでそれで！』」

「お、おお。皇帝が彼女の地位が欲しいのかって聞くから、『地位も爵位もいらない。エリーゼだけをくれ』と言ったと思う」

「『キャー！！！！』」

今日一番の悲鳴にも似た声が響き渡る。

そんな光景にサンクリードは額に手を当てて嘆息する。

「話を戻すぞ」

「すまないな。それで、証拠は？」

「これだ」

サンクリードは書類の束を机に置く。

「これは、念のためにと奴の屋敷から盗んだ裏帳簿だ。内容は、闇に通じる者達の名前と、その者達によって行われた横領《おうりょう》、人拐《ひとさら》い、殺人、人身売買などの記録だ。まったく人間の欲深さには呆れるな」

「ま、貪欲なことに関しては同意だな」

互いに嘆息する。

千夜は裏帳簿を手に取り確認する。

「確かに有効な手札だ。だが、俺は奴をこの拳で殺《や》りたいんだが」

千夜は口を三日月型にする。そこには、白く輝く長い犬歯が剥き出しになっていた。

そんな千夜を見たエルキオ以外の吸血鬼達は、頬を引きつらせる。

そして思うのだ――この殺人鬼が、と。

「それに関しては考えがある」

サンクリードはソフトボールより一回り大きな魔水晶をテーブルの上に置いた。

「これは？」

「記録魔水晶だ。魔力を込めた量によって記録される時間が変わる」

「この中に記録が？」

「いや、無い。ベルルクは一日に一度報告を行うように指示してきた。ま、定時連絡みたいなものだ」

「なるほど。それで通信結晶での会話を記録するわけか」

「そうだ」

「ひとつ気になったことがある」

「なんだ？」

「通信結晶で帝都内の情報を集めるのはわかった。だが、どうしてお前達の居場所がバレた？」

「それは、裏帳簿を手に入れた帰りに、部下の一人が旅の御者を襲ったからだろう」

「なぜ襲ったんだ？」

「渇きを抑えられなかったんだろ。これだから平民は」

千夜はやれやれと言いながらも本題に戻る。

「それで、その定時連絡は何時だ？」

「時間的にはあと十分後だろう」

「なら悪いが、お前達の部下の死体を使ってもいいか？」

「構わない。吸血鬼は助け合って生きていく種族だが、死体に対しては冷徹だからな」

サンクリードが腕を組み直しながら了承した。

「サンクリードは、私達以外にはいつも冷徹だよね」

「リナ、余計なことは言わなくていい」

サンクリードの顔を覗きながらリナはからかう。

「わかった。なら、ありがたく使わせてもらう」

「主、お供します」

「あ、ああ」

千夜が席を立つとエルキオも続き、その後を追従する。

数分すると会議室の扉が開かれ、千夜達が戻って来た。が、強烈な異臭にサンクリード達は顔を顰《しか》める。

その原因はエルキオの手の中にあった。

「おい、それはなんだ？」

「これは吸血鬼の生首を焼いたものだ」

千夜の説明にカイと双子は目を逸らす。

なぜならあまりにも醜《みにく》いからだ。丸焦げになり人相が識別不可能になっていた。ただわかるのは、黒のロングヘアーということのみ。

「これで、俺がお前達に殺されたことにする。『丸焦げにしたが、確実に殺すために首を飛ばした』とでも言えば納得するだろ」

「お前はよく平気でいられるな」

眉間《みけん》にシワを寄せ、さらに険しい表情になる。

「ま、皮付きの肉塊だからな。ブタの丸焼きと大差ないだろ」

その言葉にサンクリード達は恐怖した。

そして思った。あのとき攻撃するのをやめて正解だったと。

「あとは任せた。俺は廊下で待つ」

「わかった。終わったら呼びにいく」

軽く手を振ると、千夜は部屋を出た。

「始めるぞ」

サンクリードは四人に整列するように指示すると、通信結晶に魔力を送り込んだ。

◆　◆　◆

ダルマのような体の男は、隠していた裏帳簿が無くなっていることに気がついた。

「まずい！　あれが明るみに出れば今の地位を失う。それどころか、あの亜人皇帝に知られれば、間違いなく死刑になる！」

大量の汗をカーペットに落としながら、血眼になって部屋中を探す。

そのとき、書斎机の上に置いていた通信結晶が光る。

「ええい！　こんなときに……まあ、良いだろ。今は冷静にならなければ魔族風情につけ込まれてしまう」

そう自分に言い聞かせながら冷静さを取り戻し、椅子に座る。

それと同時に通信結晶の光が強まり、五人の吸血鬼が立体映像として映し出された。

「おい、ベルルク。どうして俺達の居場所がバレている。ＳＳランク冒険者が皇帝の依頼で討伐に来たと言っていたぞ」

「おやおや、そう怖い顔をしないでください。確かに伝え忘れたのは私のミスですが、あなた達なら大丈夫でしょう？」

笑顔を絶やさずにベルルクは聞く。

「確かに殺した。この通りな。丸焼きにしたが、確実に殺すために首も飛ばした……問題ないな？」

「ええ、大丈夫ですよ。確かに確認させてもらいました。焼け焦げてよくわかりませんが、黒くて長い髪に長い犬歯。間違いなく、あの忌まわしい亜人の餓鬼に間違いないでしょう」

ベルルクは鼻息を荒くしながら笑顔で答えた。

（これで、エリーゼは私のものだ。亜人風情が調子に乗るからこうなるのだ！）

「だがな。お前が伝え忘れたせいで奇襲に遭い、部下は全員死んだ。悪いが俺達は魔国に帰らせてもらう」

サンクリードの言葉に、ベルルクが勢いよく椅子から立ち上がる。その顔は先ほどよりも鼻息が荒く、憤《いきどお》りを露わにしていた。

「ふざけるな！　誰のお陰で血が飲めると思っている！　盗賊達に人拐いをさせた私のお陰だろうが！」

呼吸は乱れ、完全に肩で呼吸をしていた。

「確かにそうだな。だがもう必要ない。俺達は帰らせてもらう」

サンクリードの答えは変わらない。

「ま、待てっ！　なら私の計画は、この帝都を壊滅させ、私が次代の皇帝になる計画はどうなる！」

「俺達にはもう関係ない。部下がいないんだ。できることもなくなった。お前のせいでな。ま、自業自得だ。諦めろ」

「まっ——」

次の瞬間、立体映像は消え、通信結晶から光が失われた。

「糞があああああぁぁ!!」

ベルルクは書斎机の上にあった通信結晶と他の物すべてを払い飛ばす。

「まあ、良いだろ。エリーゼは私の物になったのだから……グフフフ……フハハハハ！」

腹を抱えて笑う。まるでガマガエルのような表情だった。

◆◆◆

会議室の扉が開かれ廊下にサンクリード達が出てくる。

「アハハハハハ!!」

腹を抱えて笑う。下瞼に涙を浮かべて、年相応に笑う。

そんな五人を見て千夜も笑みを零《こぼ》した。

「うまくいったようだな」

「ああ、何もかもな。これで俺達は魔国に帰れる」

「そうか」

「それにしてもあのブタ面白すぎでしょ！」

「やめてよレナ。思い出すだけで……」

「「アハハハ!!」」

双子は笑う。その様子を見て、ベルルクが醜態《しゅうたい》を晒したことを容易に想像できた千夜であった。

リナ達が笑い終えるのを待ってから話し出す。

「それでセンヤ、これからどうするんだ？」

「帝都に帰る。俺が死んだと偽情報を流したからな。森を抜けるころには監視達もいなくなっているだろ」

「わかった。お前は、見た目は魔族と変わらない。魔国に来たときは俺を訪ねてこい。歓迎する」

サンクリードが右手を差し出す。

「ああ。そのときは妻達と一緒に世話になる」

千夜がその右手を握った。

そんな二人の側で首を傾げる双子。

「「ん？　ねぇ、センヤ」」

「なんだ？」

「『今、妻達って言った？』」

「そう言えば、言ってなかったな。俺には人間のエリーゼだけでなく、エルフとダークエルフの妻もいるんだ」

笑顔で答える千夜を見て、エルキオ以外が驚いた。

（一人じゃないのか！）

その後、吸血鬼達の死体を処理して、千夜とエルキオは帝都ニューザに向かうべく迷いの森へと消えていった。

「まったく、あんな奴がいるとはな」

「なに、サンクリード。気に入ったの？」

「ああ。リナもそうだろ？」

「ええ。なんかセンヤといると驚かされることばっかりだから、楽しくて」

「確かにな」

そして、二人は口づけを交わす。

「カイもなんか楽しそうだね？」

「……センヤ……に……強くして……もらう……そし……て……レナ護……る」

カイはレナの小さな手を握る。レナは驚きながらも嬉しそうに頬を染めながら、上目遣いでカイを見つめる。

「なら、私もカイを護るね」

そして二人も口づけをした。

◆ ◆ ◆

迷いの森を進む千夜とエルキオ。

予定より早く仕事が終わったこともあって呑気に歩く千夜の姿に、エルキオは疑問を感じた。

「主、急がなくてよろしいのですか？」

「別に構わない。明日の昼までに王宮に着けば問題ない。それに森を出たら走るから、ちゃんとついてこいよ」

「は、はい！」

淡々と歩く。武器も持たず山の中を歩く。

迷いなく歩く千夜の姿に、エルキオは感心していた。

(それに、後ろにいても攻撃できる隙がない)

攻撃をする気など毛頭ないエルキオだが、サンクリード達四人に勝利し自分の主となった男の実力を、知りたいとも思っていた。

夕方まで歩き続けた千夜達は、森の中で野宿をしていた。

「なぜ、このような場所で野宿などを？　主ならもっと良い場所を選べるはずです」

「良いんだエルキオ。俺は外で寝るのも好きなんだ。それにお前とも話をしたかったしな。ここなら森の外より安全だ。もしかしたら、ベルルクの奴が念のためにと暗殺者を向かわせているかもしれないからな」

「考えすぎなのでは？　でも、話をするのは賛成です」

エルキオは嬉しそうに答える。頬が少し赤かったが、千夜は見なかったことにした。

「エルキオ、お前は人間と亜人は好きか？」

「嫌いです」

即答である。

「だろうな。なら、人間と亜人だとどっちが嫌いだ？」

「人間です」

またしても即答である。

「そうか。でもこれから行くところは魔族のいない国だ。他の国に比べたら亜人の数は多いが、それでも人間の方が多い。それでも平気か？」

「大丈夫です。主のいる場所が私のいる場所ですので」

笑顔で言い切った。

（こいつの忠誠心はいったいどこから来てるんだ？　一人称もいつのまにか変わってるし……）

「そうか。なら、先に言っておく。街では問題をなるべく起こすな。人間や亜人が嫌いなのは仕方がない。俺がとやかく言うものでもないからな。だが、なるべく穏便に済ませろ。それと俺の家には俺以外にも数人が暮らしてる。種族は、人間二人、獣人一人、エルフ一人、ダークエルフ一人、ハーフエルフ一人だ」

「多いですね」

「ああ。エリーゼの使用人も含まれているが、全員俺の家族だ。もちろんエルキオ、お前も俺の家族だ」

その言葉に、エルキオは嬉しさのあまり泣きながら跪く。

「もったいないお言葉に、このエルキオ感謝の気持ちで一杯です。そしてその言葉に恥じぬよう主に仕《つか》えさせていただきます！」

（大袈裟だな）

食事を済ませた後、千夜はあることに気づいた。

「エルキオ、悪いがステータスを見せてくれ」

「畏まりました」

エルキオはステータスを開くと千夜に見せる。

エルキオ・ロバン【吸血鬼】
レベル46
HP116000
MP1040000
STR9200
VIT9100
DEX8400
AGI7700
INT8300
LUC120
【スキル】
剣術レベル52、二刀流レベル45、体術レベル27、暗殺術レベル22、隠密レベル23、投擲レベル19、
魔力操作レベル38、火属性耐性レベル23、水属性耐性レベル21、風属性耐性レベル27、土属性耐性
レベル19、闇属性耐性レベル26
【属性】
火、水、闇

「なるほどな。確かにサンクリード達に比べれば全体的に劣る。でも、訓練次第で抜けるかもしれないぞ」

「本当ですか！」

「ああ。レベルを上げて、実戦経験を積めば勝てるんじゃないか」

「わかりました。頑張ります！」

嬉しそうに握り拳を作るエルキオに、千夜は微笑んだ。

「それで、お願いがあるのですが」

「なんだ？」

「主のステータスを見せてもらえないでしょうか」

エルキオが頼み込んでくる。

（どうするかな。いつかは見せないといけないだろうし。エルキオにはいろんな仕事を任せることになるだろうしな。でもな……）

顎に手を当てて考える。そんな千夜を不安そうに見つめるエルキオ。

（いや、待てよ。エルキオが百鬼族を知らないという可能性もある）

「あのう、主……」

突然、エルキオが声を出す。

「どうした？」

「見せたくないのであれば、無理には――」

「いや、すまない。少し考えごとをしていただけだ。今見せる」

そう言うと、千夜はステータスを開きエルキオに見せる。

百鬼千夜【鬼】
レベル102
HP16237000000 0
MP146523000000
STR23138000000
VIT21797000000
DEX15233000000
AGI25517000000
INT16813000000
LUC140
【スキル】

言語理解、超解析Ⅸ、超隠蔽Ⅸ、剣術レベル99、刀術レベル99、二刀流レベル99、槍術レベル99、体術レベル99、暗殺術レベル99、武術レベル99、弓術レベル99、投擲レベル99、潜水レベル99、死霊生成Ⅹ、魔物生成Ⅹ、魔力操作レベル99、妖術操作レベル99、HP自動回復レベル99、MP自動回復レベル99、調教レベル99、幻術レベル99、隠密レベル99、調理レベル94、鍛冶レベル97、詐欺レベル99、心眼レベル99、調合レベル99、威圧レベル99、建造レベル99、統制レベル99、指揮レベル99、浄化レベル99、無音レベル99、魅了レベル99、念話レベル99、劣化レベル86、吸血レベル1（NEW）、危機察知レベル99、状態異常無効化、火属性無効、水属性無効、風属性無効、土属性無効、氷属性無効、雷属性無効、光属性無効、闇属性無効、覇気Ⅸ、限界突破Ⅸ、スキル獲得確率上昇Ⅳ、経験値獲得倍率上昇Ⅵ、レベルアップ時ステータス倍Ⅴ、アイテムボックス

【称号】

覇王（NEW）、戦闘狂、殺人狂、王殺し、竜殺し、神殺し、超越者、精霊王に愛される者（NEW）、百鬼夜行、将軍、異端者、一騎当千、無双する者、？？？、？？？、？？？

【属性】

火、水、風、土、光、闇

【眷属】

エルキオ・ロバン

「久々に確認したが、やはり上がってるな。【覇気】の効果も増したようだ」

顎に手を当てて満足げな千夜。それと裏腹に――。

「…………」

「どうした？」

「…………」

「おい、エルキオ」

「あ、あの……主の種族のところに『鬼』って表示されているのですが？」

「そうだな」

「ステータスやスキル、称号が異常なんですが？」

「そうか？」

「あと……な、なっ、な、名前が『百鬼』ってなっているのですが？」

「俺の苗字だからな」

「も、もしかして主は……伝説の『百鬼族』の方なのでしょうか？」

「そうだ。伝説になっていたとは知らなかったがな」

「…………」

「どうした？」

「……やったああああああぁぁぁ！！！」

突然エルキオはジャンプしながら喜び始めた。さっきまで言葉を失うほど驚いていたのに、今では全教科で満点を取った中学生のような顔をしている。

いきなりビクトリーポーズで喜ぶエルキオに驚きながらも、千夜はエルキオが放出する魔力が漏れないように、冷静に結界を張った。

「落ち着いたか？」

「はい、はしゃいでしまって申し訳ありません。ですが、まさか伝説の百鬼族の方に会えるとは思っていなかったので。って、今は眷属にまでしていただき、恐悦至極《きょうえつしごく》に存じます、我が主」

エルキオは再び跪く。

「そうか。だがな、俺は正体を明かすつもりはない。これは極秘だ。当然妻達にもだ。つまり俺の正体を知っているのはお前だけだ。これは肝《きも》に命じておけ」

「はっ！」

そのあとはエルキオによる質問攻めにあった。答える度に大袈裟に反応するエルキオに千夜は苦笑するしかなかった。

「それで主はこれからのことはどう考えているのですか？」

「別になにも。妻達と幸せに暮らせればそれで良い。そのために必要なことはするし、邪魔してくる奴等は殺す。それだけだ。戦闘のときはお前にも殺《や》ってもらうからな」

「はっ！」

「それと、帝都に着いたら冒険者になってもらう」

「わかりました」

「さてと、そろそろ寝るぞ。結界を張っているから見張りもいらない」

「あ、あの……」

「どうした？」

突然エルキオが頬を赤くし、股に手を挟んだ状態でモジモジとする。

「そ、その……いただけないかと……」

「……そうだったな。血でいいのか？」

「い、いえ！」

「ん？　どういうことだ？」

「確かに吸血鬼は血を欲します。それは体内に魔力を取り込むためです。吸血鬼は魔族の中でも魔力回復が遅いんです。そのために血を吸い、魔力に変えるんです。ですが、主従契約によって従者になったものは主が……そ、その……魔力を……流し込むだけでいいんです。ですから……」

エルキオは俯いてしまう。

それに対して千夜は腕を組む。

「つまり吸血でも可能だが、魔力を流し込んで欲しいと」

「はうぅ………そ、その通りです……」

エルキオは耳までトマトのように赤くする。

「良いだろう。こっちに来い」

「は、はい！」

嬉しそうに千夜に抱きつく。

「悪いが男とキスをする趣味はない。契約のときと同じやり方でする。それと、あまり変な声は出すな」

「はい……」

残念そうに返答するエルキオを無視して、千夜はエルキオの細い首筋に犬歯を突き立て、魔力を流し込む。

今回は血は飲まない。ただ魔力を流し込むだけだ。

「あ……んん……ぁあ……ん……ん、んんん！」

千夜は前より魔力の流し込むスピードを遅めにした。また、変な声を耳元で聞きたくないからだ。

女だったらな、などと考える千夜。

（こ、声を抑えないと！）

健気《けなげ》に主の言葉を守り一生懸命我慢するエルキオ。

千夜は魔力を流し終えると、また蕩けた表情になっているエルキオを、幹にもたれさせて寝かせた。そして、女ならな、と改めて思う。

徐々にプレイボーイと化していく千夜は、思わず嘆息するのであった。

◆　◆　◆

その頃、千夜の帰りを待つエリーゼ、ミレーネ、クロエの三人は、愛する男のいない寝室で川の字になって寝ていた。

「ねえ、ミレーネとクロエは今回の件をどう思っているの？」

「どういうこと？」

「だって私が来なかったら、こんな寂しい思いはしなかっただろうし……」

エリーゼの表情が暗くなる。

だがミレーネ達から返って来た言葉は、エリーゼにとって意外なものだった。

「そんなことを思っていたんですか」

「え？」

「第一婦人だからといって、あまり私達を見くびらないで欲しいです」

「そうだエリーゼ姉。確かに主殿と出会ったのはエリーゼ姉の方が早いが、一緒にいる時間は私達の方が長い。だからわかるんだ」

「なにが？」

「ご主人様、いえ、センヤさんのことです。センヤさんは私達が思う以上に優しい方です。強くて、優しくて、一般常識が欠けていて、たまに抜けていて。でも、決して曲がることのない強い志《こころざし》を持っています。だから私達は、そんなセンヤさんを信じているんです。心配なのは確かですけど」

ミレーネは頬を染めて語った。

「それに私達が主殿、いや、センヤのことを誰よりも愛していることに変わりはないからな」

クロエが自信に溢れる笑顔で続けた。

「そうね……ありがとう、二人とも。私は最高の妹達に恵まれたようね」

そう言って涙を流すエリーゼであった。


次の日。

「それじゃ、行ってくるわね」

「はい、行ってらっしゃい。エリーゼお姉さん」

「頑張ってねエリーゼ姉！」

門の前で見送られたエリーゼは、王宮で行われる定例会議に向かった。

議題は、魔族の侵攻、他国との関係、勇者の召喚、そして、エリーゼと千夜の婚約についてだ。

（体が重いわ。こんなにも不安になるなんて……）

愛する人が傍にいない不安に手が震える。そんな手を胸の前で握りしめて、馬車に乗り込んだ。

◆　◆　◆

迷いの森を抜けた千夜とエルキオは走る。

千夜は今になって、少し焦っていた。遥かにステータスで劣るエルキオがいることで、行きよりも時間がかかっていたのだ。

「エルキオ、スピードが落ちているぞ！」

「す、すみません！」

「エルキオ、お前もこれからエリーゼ達と一緒に訓練に参加してもらうぞ。このままだと裏の仕事に参加させるには不安がある」

「は、はい！　頑張らせていただきます！」

会話をしながら走る。走る。走る。

帝都ニューザに向かってただひたすらに走る。

「グギャ！」

千夜はエルキオがついて来られるスピードで走りながら、鬼椿で進路を塞ぐゴブリン達を狩っていった。

「面倒だな。街道沿いの道なのに湧きすぎだ」

「推測なのですが、迷いの森から我々吸血鬼が消えたことで、魔物達が大移動をしているのではないでしょうか？」

「なるほどな」

予想外な出来事に嘆息しながらも狩り続ける。既に大量のゴブリンの死体が道端に列を成していた。

結局、迷いの森を抜けてから帝都の北門まで四時間かかった。

「なんとか、間に合いそうだな」

「すみません、私が遅いせいで主に迷惑をかけてしまい……」

「気にするな。エルキオの問題点を知るにはちょうど良かった」

「そ、そうですか？」

「ああ。だから訓練頑張れよ」

「はい！」

そんな会話をしながら北門前の列に並ぶ。

「あ、あのう……私が普通に入っても大丈夫でしょうか？」

「ん？　なんとかなるだろ」

千夜の適当さに焦りが増すエルキオ。

（いや、ここは主を信じよう！）

拳を作り自分に言い聞かせる。

「次！」

そんなこんなで順番がやって来る。

「よ、二日ぶり」

「これはセンヤさんお久しぶりです！　帰って来たってことは成功したんですね！」

「まあな」

曖昧《あいまい》に答える。確かに吸血鬼達を森から追い払うことはできた。だが討伐できたかというと、それはできてないのだ。

「悪いが、新しく俺の奴隷になった奴がいるんで、仮通行証を発行してもらえるか？」

（奴隷……主の……奴隷…………グフフフ……）

千夜の後ろで特殊な性癖に目覚めかけている者がいた。

「わかりました。それでは銀貨５枚になります」

「随分と高いんだな」

「ええ。これくらいは取らないとスラムが増えますからね。高すぎると苦情も言われますが……」

「なるほどな」

困った表情で教えてくれる門兵。

「今度、なんか差し入れを持ってくるとしよう」

「い、いえ！　流石にそれはいけません。規則ですので」

「なら、落とし物ってことで渡しに来るから、中身が腐らないうちにお前達が処分してくれ」

「まあ、そういうことでしたら」

互いに笑顔で話す。そんな千夜にエルキオは目を輝かせていた。

（人間風情にも寛大な心で対応する。流石は主！）

（なんか、すごく誤解されている気がするが……ま、いいか）

後ろからの視線にそんなことを思いながらも、門兵に銀貨5枚を渡す。

「確かに。それで、奴隷とは？」

「ん？　こいつだ」

千夜は門兵の前にエルキオを立たせる。

「え？　まさかきゅ……いえ、その者と契約を？」

門兵は混乱になると考え、一度口を閉じて言い直す。

「ああ、そうだ。依頼を遂行する際に色々あってな。エルキオ、見せてやれ」

「はっ！」

千夜の言葉に、エルキオは胸に浮かび上がる主従契約紋を見せる。

「確かに。わかりました。センヤさんを信用します」

「ああ」

そう答えて、千夜とエルキオは門を潜った。

(あの門兵なかなかだな)

門を潜り終えたあたりでそんなことを考える。

普通なら大声で叫んでしまうところを我慢した。それに加え、ちゃんとエルキオを制御してください と、千夜に念を押したのだ。

「それじゃ王宮に向かうぞ」

「はっ!」

二人はこうして無事に帝都に入り、王宮に向かうのであった。

◆◆◆

王宮の一室で、皇帝と貴族達による会議が行われていた。

既に一時間が経過し、議題もあとひとつとなった。

普段ならもっと時間がかかるのだが、エリーゼと千夜の結婚を認めたくないのか、貴族連中は早く会議を終わらせるために遠回しな言い方はせず、必要なことだけを述べていた。

そんな光景に皇帝は、いつもこれぐらい早ければ楽なのにな、と心底思う。そうして、残りの議題は『勇者召喚』についてのみとなった。

そんななか、エリーゼだけは焦っていた。タイムリミットは会議終了と同時だ。このままいけば、三十分後にはタイムオーバーとなってしまう。

（どうしましょう……このままでは）

テーブルの下で拳を握りしめる。

そのとき、宰相が口を開く。

「皇帝陛下、よろしいでしょうか？」

「なんだ？　ベルルク宰相」

「勇者を召喚した場合、あの冒険者に訓練の教官をさせるとのことでしたが」

「そうだ」

「実は念のため私兵を使い、あの冒険者を見守らせていました。私兵からの連絡によれば、最後の吸血鬼と相討ちになり、亡くなったとのことです」

その言葉にエリーゼの顔が真っ青になった。

（いいぞ。もっと悲しめ。この儂が慰《なぐさ》めてやるわい）

「それは、真か？」

「間違いないと思われます」

「そうか……それで宰相、センヤは吸血鬼達を全滅させたのだな」

「はっ、そのように聞いております」

「そうか……複数の貴族級……それをたった一人で討伐したことは称賛に値する。が、死んだのではルーセント伯爵……いや、エリーゼ殿との結婚はな――」

「待ってください！」

突然会議室に叫び声を響かせてエリーゼが立ち上がる。

「どうかされましたかな。ルーセント伯爵」

「ベルルク宰相、それは本当なのですか？」

「ええ。私兵からの連絡なので間違いないかと」

ベルルクは残念そうな表情で答える。

そのとき、エリーゼには一瞬見えてしまった。ベルルクが笑みを浮かべるのを。

しかし、ここでそんなことを指摘しても意味がないこともよく知っていた。

「申し訳ありませんが、私には信じられません。私が愛した男が死ぬわけがないですから。私はこの会議が終わるまで待たせてもらいます」

エリーゼは淡々と答えたが、誰も耳を傾けなかった。信じたところで、待ったところで変わるわけがないと、思い込んでいるからだ。

宰相であるベルルク本人も同じだった。

（哀れな女よ。どれだけ意地を張ろうとあの餓鬼は死んだのだ。ま、この会議が終わればどうせ婚

約は破棄されるのだ。それから楽しませてもらうとするかの）

ベルルクは内心で歓喜に酔っていた。それでも今は宰相として仕事を果たす。

「確かに。期限は会議終了までですからな。待つとしましょう。よろしいですかな、皇帝陛下？」

エリーゼは俯いた状態で下唇を噛む。

なぜなら、遠回しに死んだ者を待ったところで意味はない、と言われているのだから。

「構わん」

皇帝が了承したそのときであった。

突如扉が開き、会議室に大きな声が轟《とどろ》く。

「そうか。ならエリーゼは俺のものだ！」

その言葉に、皆が声のする方へと顔を向けた。

そして、ずっと信じ続けていた女性が立ち上がり、扉の前に立つ男の名前を呼ぶ。

「センヤ！」

「すまない、エリーゼ。遅くなった」

千夜は笑顔で返答する。と同時にエリーゼが千夜の胸に飛び込んだ。

「遅い！　どれだけ私を心配させたら気がすむのよ！」

エリーゼは今にも泣きそうな表情で怒る。

「悪い。ちょっと色々あってな」

千夜は謝りながらエリーゼを抱き締めた。

（ば、馬鹿な！　奴は死んだはずでは！）

「ベルルク宰相、これはどういうことだ？　お主からの報告では、センヤは死んだと聞かされたが」

「そ、それは……」

皇帝から向けられる鋭い視線に、ベルルクは黙り込んでしまう。

「悪いが陛下。俺から報告させてもらっていいか？」

「うむ、そうだな。頼む」

皇帝は真剣な表情のまま承諾した。

「まず、迷いの森に住んでいた吸血鬼達だが……すべていなくなった」

「おう！　良くやったぞ、センヤ！」

「ああ。だが、貴族級は誰も殺してない」

その言葉に周囲がどよめいた。

「どういうことだ？」

「貴族級は全部で五人いた。そのうち四人は魔国に帰った」

「それは、真か？」

「ああ。嘘だと思うなら案内してやるから調べるといい」

皇帝は少し考えてから答える。

「わかった。それで、残りの一体はどうした？」

「それを教える前にちょっと見てもらいたいものがある」

「なんだ？」

千夜は皇帝に書類の束を手渡した。

それを横目で見ていたベルルクが目を見開く。

しかし動こうにも動けなかった。今動けば自分が犯人だと知られるからだ。

（どうしてあれがここにある！　それより、なぜ奴が持っている！）

皇帝は書類を一枚一枚捲《めく》って読んでいく。

このままでは、バレるのは時間の問題だった。

「こ、これは宰相の犯罪の記録ではないか！　これをどこで！」

「貴族級の奴らと取引したときに、取引材料のひとつとしてもらったものだ」

「そうか……だそうだが、宰相、これはどういうことだ？」

「陛下、私を陥《おとし》れる罠です。そんな物が存在するわけがありません！」

ベルルクは一生懸命取り繕う。だが千夜はそれすらも一刀両断する。

「いい加減に猫を被るのはやめろ。ガマガエル」

「ガマ……！　貴様、宰相に向かってなんて言いぐさだ！」

「俺は言ったはずだ。取引材料のひとつとして、とな」

「センヤよ、まだあるのか？」

皇帝が問う。千夜はそれに対して無言で頷き肯定する。

「皇帝よ、さっき聞いたな。残りの貴族級はどうしたかと」

「ああ」

「そいつは俺の眷属にした」

「なっ、なんだと！」

千夜の言葉に全員が驚愕の表情を浮かべた。

吸血鬼は独自の主従契約を行うが、そのほとんどの場合は吸血鬼が主になる。吸血鬼が従者になることは稀なことだ。

そして、吸血鬼に主と認められる者は、例外なく秀でた才能を持っている。もちろんそのことは、この場にいる全員が知っていた。

「エルキオ、入ってこい」

「はっ！」

千夜の言葉で一人の吸血鬼が入ってくる。中性的な顔立ちの子供。だが吸血鬼特有の真紅の瞳が、彼が吸血鬼だと物語っていた。

「エルキオ、自己紹介をしろ」

「はっ！　私の名はエルキオ・ロバン。ロバン男爵家の三男だった者だ」

エルキオは堂々とした態度で自己紹介をする。

「皇帝、これで信じてもらえるか？」

「あ、ああ……信じよう」

いまだ驚きを隠せない皇帝は、なんとか返事をする。

その返事を聞いた千夜は不敵な笑みを浮かべる。

「さて、エルキオ。どうして、お前達吸血鬼は迷いの森にいたんだ？」

「はっ！　とある者に雇われ、迷いの森にて待機しておりました」

「雇われた内容は？」

「この帝都ニューザを壊滅させることです」

全員が驚いた。

それもそのはず。一体の討伐でもそれなりの人員が必要な吸血鬼。その貴族級が五人もおり、しかも帝都を壊滅させようとしていたなど、一大事に他ならない。

「それで、その雇い主は？」

「はい。そこで、醜い顔をしているベルルク・ペルチです」

エルキオの説明に、全員の視線がベルルクに集まる。

皇帝は念のため椅子から立ち上がり、ベルルクと距離を取っていた。

「出鱈目《でたらめ》を言うな！　魔族と亜人風情が人間様に逆らいおって。陛下、これは奴らの罠です！　私に罪をなすりつける口実です！」

ベルルクは立ち上がると喚き散らす。

それを見て千夜は思わず笑う。

「おい、ガマガエル。お前は今自分で自分の首を絞めたぞ」

「なんのことだ？」

「まさか気づいてないのか？　周りを見てみろ」

ベルルクは千夜に言われた通り、周囲の貴族達を見回す。そこには怒りを露わにして睨みつける貴族達がいた。

「な、なぜ？」

貴族達に睨まれる理由がわからないのか、恐怖と焦りで大量の汗を流す。

「まだ気づかないのか？　お前はこう言ったんだよ『魔族と亜人風情が人間様に逆らいおって』ってな。『魔族と平民風情が』と言えばまだましだったかもしれないが、お前は『亜人風情』と言ったんだよ」

そのとき、ベルルクはようやく理解した。

この国は人間も亜人も関係ない。対等な存在だと認めている国だ。

そんな国の重鎮《じゅうちん》達の前で、「亜人風情が」と言った人間が許されるわけがない。ましてや、信用できるわけがないのだ。

「さてと、とどめはこれだ」

千夜は懐からソフトボールサイズの水晶玉を取り出した。

「皇帝、これを知っているか？」

「ああ、記録魔水晶だな」

「その通りだ。さ、見てくれ、真実を」

千夜は記録魔水晶を起動させる。

するとそこには、ベルルクとサンクリード達の会話が立体映像として映し出された。

記録魔水晶の映像を見終わった皇帝が口を開く。

「ベルルク・ペルチ。貴様を捕縛する！」

「おのれえぇぇ!!」

ベルルクは懐に隠し持っていた短剣で皇帝を刺し殺そうとする。

「死ね」

しかし、感情のこもらない言葉と共に千夜によって処刑された。

近衛兵《このえへい》によってベルルクの死体は処理され、謁見の間も、今は落ち着きを取り戻していた。

「センヤよ。今回はお主のお陰で助かった。何か礼をしたい。望みはないか？」

「そうだな。エリーゼとの結婚を認めてもらうことぐらいだ」

「それは依頼が達成された時点で認めておる。儂が言いたいのは、ベルルクの件に対する褒美のことだ」

(こいつ、俺が何を頼むかわかってて言ってるな)

皇帝を睨みながら答える千夜。

「なら、エルキオがこの街に住むことを認めてもらいたい。こいつは俺の眷属だから悪さはしない。それでもトラブルに巻き込まれるかもしれないからな」

「わかった。何とかしよう。それで、他にはないのか？」

「今は保留で頼む」

真顔で答える千夜。そんな千夜を見て、その場にいた全員が笑い出した。

「センヤよ、お主は本当に面白い奴だな」

皇帝も愉《たの》しそうに笑う。

(別にボケたつもりはないんだが？)

「良かろう。それでは今から『勇者召喚』について議論する」

皇帝は真面目な表情で、最後の議題を口にした。

「隣国のファブリーゼ皇国で、異世界からの勇者召喚が行われた。だが、勇者の一人が事故で亡くなった。そこで我が帝国で勇者召喚を行い、ファブリーゼ皇国の勇者と共同で魔王討伐に向かわせるのが良いと思うのだが、どうだろうか？」

何を隠そう、その死亡した勇者こそが朝霧和也――つまり千夜なのだが、もちろんそれを明かすつもりはない。

話し合いはなかなか纏まる気配がなかった。皇帝もそう感じたのか、隅で目を閉じていた千夜に声をかける。

「センヤよ。寝ているところ悪いが、お主も何か意見はないか？」

皇帝の言葉に貴族達は千夜を睨む。これは嫉妬や蔑む視線ではなく、皇帝の前で居眠りしていることに対しての睨みだった。

「俺は冒険者だ。冒険者は国の決め事に介入してはならないはずだが？」

冒険者は、国同士の戦争や国事に干渉してはならないことになっている。

「なら、儂の友人、もしくは強者としての考えを聞かせてくれ。参考までにな」

「ま、それなら良いだろう」

千夜は立ち上がり、中央に進み出ると話し始めた。

「話の内容を聞く限り、根本的な所から間違っている」

「どういうことだ？」

「皇帝も他の貴族達も、召喚された者は必ず勇者になってくれると考えているようだが、もしも断られたらどうするつもりだ」

一人の獣人が大声で叫ぶ。

「陛下の命令を断るような奴は必要ない！」

獣人は自信満々に答えた。

そんな獣人の言葉を、千夜が一刀両断する。

「馬鹿か、お前は」

「ば、馬鹿とはなんだ！」

「そのままの意味だ。皇帝も貴族連中ももっと考えた方がいい。召喚するのは『異世界人』だぞ。どんな世界で生きてきたのかわからない。もしかしたら魔法が存在しない世界かもしれないし、階級制度がない世界かもしれない、戦争などない平和な世界かもしれない。そんな異世界から人をいきなり召喚して、『魔王を倒してくれ』なんて頼んでも、そうそう引き受ける奴はいないぞ」

その言葉に皇帝も貴族達も俯いてしまう。

千夜の言葉はまだ終わらなかった。

「それにな、困っているとはいえ、こちらの都合で呼び出してみろ。きっと異世界人達は怒るぞ。異世界人にだって自分の家族や暮らしがあるんだからな。それなのに皇帝の言葉だからといって、断ったら切り捨てるのはあまりにも酷すぎるだろ」

千夜の言葉が終わると謁見の間は静寂に支配された。

数分の時間が経過したとき、ようやく皇帝が口を開く。

「確かにセンヤの言うとおりだ。どんなに困っているとはいえ、こちらの都合で異世界人の生活を奪う権利はない。だが、それでも儂らには異世界の勇者が必要なのだ」

「なら、それなりのおもてなしをすることだな」

「うむ。そうさせてもらう」

「悪いが、召喚したら勇者達に会わせて欲しい」

「別に構わんが。もしや、訓練教官をしてくれるのか」

「しない。俺は忙しい。ただ、どんな奴らなのか気になるだけだ」

「そうか。それは残念だ」

こうして会議は終わりを告げた。

その後、皇帝に対して保留にしていた報酬の内容を伝え、千夜達は家に帰るのだった。


王城から家に帰る途中、千夜は不安を取り除くようにエリーゼに意思確認をする。

「本当に良かったのか？」

「良かったとは？」

「俺は平民だ。だから——」

千夜の言葉を遮るように、エリーゼは千夜と腕を絡めて強く体を密着させた。

「私は旦那様を愛しています。それに偽りはないわ。だからそのためなら爵位だって捨てられる。

それにね、きっとウィルが何とかしてくれるわ」

「そうだな」

千夜はまだ幼いウィルに同情しながらも、エリーゼの本心が聞けたことに満足した。

「戻ったぞ」

千夜は玄関の扉を開く。それと同時にドドドドという足音と共にミレーネとクロエが抱きついてきた。

「「センヤ!」」

「遅くなってすまないな。だが、うまくいったぞ」

「うん! わかっていた。信じていたぞ、センヤ!」

「流石はセンヤさんです!」

二人は涙を流しながら名前を呼ぶ。それに気づいた千夜だが、何も言わない。

(ようやくか)

大広間にて、エリーゼとの結婚が認められたことを祝う宴が行われようとしていた。

「さてと、二日間家を留守にして済まなかったな。それじゃ、新しい家族を紹介する。エルキオ」

「はっ!」

エルキオが立ち上がり、挨拶を始める。

「この度、皆様の家族になることができました、エルキオ・ロバンと言います。私は吸血鬼ですが、仲良くしていただけると幸いです」

挨拶が終わると、拍手が鳴り響いた。

驚くエルキオに代わり、千夜が話し出す。

「エルキオは吸血鬼だが、血は吸わない。俺の魔力を供給するだけで十分だからな。それと、エルキオはまだ十四歳だから酒を飲ますなよ」

レイーゼ帝国では十五歳で成人と認められている。

「センヤ様、少しよろしいですかな？」

セバスが尋ねた。

「なんだ？」

「エルキオ殿は十四歳ということですので、まだ……」

「ああ。男でも女でもない」

「やはり、そうでしたか。なら、新しい妻が増えるかもしれませんな、センヤ様」

セバスの言葉に、鋭い視線が三つ交錯《こうさく》する。

顔を赤くして俯く者が一人いたが、千夜は気にせずに食事を始めた。

「あ、あの、セバスさん。殿はいりません。エルキオとお呼びください」

「わかりました」

（大丈夫そうだな）

人間、亜人嫌いのエルキオだが、目の前の光景を見て、千夜はなんとかなりそうだと安心するのであった。

食事しつつ会話をしていると、エルキオはマリンのメイドとしてのすごさに感服したのか、色々と質問していた。

食事も終わり風呂に入った千夜は、エルキオを部屋に案内する。

「ここがお前の部屋だ」

「眷属に部屋を与えてくださるとは。なんとお優しい」

「大袈裟だな。そして、向かいの部屋が俺と妻達の寝室だ。で、この部屋が俺の書斎……と言ってもまだ何も無いが。それじゃエルキオ、明日は冒険者登録をしに行くからな」

「畏まりました」

千夜はエルキオと別れると部屋に防音魔法をかける。同時に三人の妻が抱きついてきた。

「どうした？」

「旦那様は意地悪ね」

「そうだぞ、わかっているくせに……」

「ほんとです。エリーゼお姉さんの言うとおりです」

「冗談だ。不安にさせてしまったからな。今日はたくさん愛し合おう」

「はい！」

嬉しそうに返事をすると、まずエリーゼと千夜が濃厚なキスを始める。その間にミレーネとクロエは千夜の服を脱がし始める。

結局この日は、一人につき四回という最高記録を達成することになった。

(三回目からは、皆白目を剥いていたような気がするが……ま、いいか)

妻達の寝顔を眺めながら、満足して目を閉じる千夜だった。

●定価：本体1200円+税　●ISBN978-4-434-24460-5

いずれ最強の錬金術師？
SOMEDAY WILL I BE THE GREATEST ALCHEMIST?
1・2
小狐丸
KOGITSUNEMARU
地味～な生産職志望の僕に付与されたのは、
聖剣から空飛ぶ船まで、
何でも造れる最強スキル
錬金術!!
第10回
アルファポリス
ファンタジー小説大賞
読者賞受賞作
アルファポリス人気ランキング
圧倒的
第1位

いずれ最強の錬金術師？
2
小狐丸
モンスター軍団集結!?
第1位
爆走中

ネットで話題沸騰!
アルファポリスWeb漫画
面白い漫画が毎週読める!!
アルファポリスCOMICS
ゲート GATE
自衛隊 彼の地にて、斯く戦えり
原作：柳内たくみ
漫画：竿尾悟
原作：秋川滝美
漫画：しわすだ
居酒屋ぼったくり
原作 木乃子増緒
漫画 ともぞ
素材採取家の異世界旅行記
原作 朝比奈和
漫画 堀代しじゃも
転生王子はダラけたい
異世界ゆるり紀行 ～子育てしながら冒険者します～
原作 水無月静流 漫画 みずなともみ
人気連載陣
● THE NEW GATE
● 月が導く異世界道中
● のんびりVRMMO記
● 転生しちゃったよ（いや、ごめん）
● さようなら竜生、こんにちは人生
● 最強の職業は勇者でも賢者でもなく鑑定士（仮）らしいですよ?
● 異世界に飛ばされたおっさんは何処へ行く?
and more...
原作 椎名ほわほわ
漫画 六堂秀哉
とあるおっさんのVRMMO活動記
原作：金斬児狐
漫画：小早川ハルヨシ
Re:MONSTER リ・モンスター
選りすぐりのWeb漫画が無料で読み放題!
今すぐアクセス! ▶ アルファポリス 漫画 検索
アルファポリスアプリ
スマホでも漫画が読める!
App Store/Google play でダウンロード!

著：月見酒《つきみざけ》
愛媛県の山に囲まれた某所在住。趣味は漫画、アニメ、サバゲーなど。
2016年より連載を開始した本作で、2018年出版デビューを果たす。

イラスト：マキムラシュンスケ
https://twitter.com/kenji82

本書はWebサイト「アルファポリス」（http://www.alphapolis.co.jp/）に投稿されたものを、
改題、改稿、加筆のうえ書籍化したものです。

鬼神転生記《きしんてんせいき》 勇者《ゆうしゃ》として異世界転移《いせかいてんい》したのに、呆気《あっけ》なく死《し》にました。

月見酒

2018年5月6日初版発行

編集－宮本剛・太田鉄平
編集長－塙綾子
発行者－梶本雄介
発行所－株式会社アルファポリス
〒150-6005東京都渋谷区恵比寿4-20-3恵比寿ガーデンプレイスタワー5F
TEL 03-6277-1601（営業）03-6277-1602（編集）
URL http://www.alphapolis.co.jp/
発売元－株式会社星雲社
〒112-0005東京都文京区水道1-3-30
TEL 03-3868-3275
装丁・本文イラスト－マキムラシュンスケ
装丁デザイン－AFTERGLOW
印刷－大日本印刷株式会社

価格はカバーに表示されてあります。
落丁乱丁の場合はアルファポリスまでご連絡ください。
送料は小社負担でお取り替えします。

ISBN978-4-434-24596-1 C0093